中公文庫

ブラディ・ローズ

今邑　彩

中央公論新社

目次

P316イラスト　今邑彩

ブラディ・ローズ

プロローグ

また薔薇の季《とき》がくる。

垣根にからませたブレンネンデ・リーベもぽつりぽつりと紅《あか》い花をつけはじめている。数こそ少ないが、十月の澄みきった空気に洗われたような色合いは春の季よりもいっそう深く鮮やかだ。花びらのどこかに小さな傷でも隠しているような、そんな咲き方をする秋の薔薇が、わたしは好きだ。

やがて何千と植えられた屋敷の薔薇が咲きそろう頃、ここは巨《おお》きな香水壜のようになるだろう。どこにいても、甘くむせかえるような薔薇の香りが髪や指にまとわりついてくる。

こんな花の季節に雪子《ゆきこ》は逝《い》った。

今もこの部屋は雪子が「翔《と》んだ」日のままだ。彼女は「天使が迎えにきた」と一声たかく叫んで、あの日、その窓から翔んだのだ。

ベッドには彼女が寝ていたままの窪みが今もそのままになっている。アールデコ風の鏡台に無造作に投げ出されたヘアブラシには、猫の毛のように柔らかく、朝日に輝く蜘蛛《くも》の糸のように艶やかで細かった雪子の髪が数本からみついたまま、時折風もないのに揺れている。

そして彼女が愛した中身のない色とりどりの香水壜のコレクション。名高い香水をせがんでは手にいれると、庭に穴を掘って、中身をそこに全部流してしまった。そうして、彼女はその穴を「香りのお墓」と呼んでいた。彼女が愛したのは壜の装いだけだったのだ。

雪子が愛した香りはどんな名調香師でも作れない天然の薔薇の香りだけだった。だから、この部屋には、幾つもの硝子《ガラス》壜に入れられた薔薇のポプリが置かれている。蓋を取れば、雪子が大好きだった、ギガンティア系の東洋的な奥深い香りがあたりにそこはかとなく漂う。

それが雪子の匂いだった。彼女はいつも天然の薔薇の匂いをさせていた。

簞笥や衣装戸棚の中に忍ばせた香り袋のために、雪子が残していった夥《おびただ》しい数の衣装には馥郁《ふくいく》たる彼女の匂いが染みついている。わたしはそれをひとつひとつ取り出しては、その絹のつめたさを、繻子《しゅす》の滑らかさを、その天鵞絨《びろうど》の感触を指でなぞりながら、彼女の匂いを胸いっぱいに吸い込むのだ。

わたしの至福の一刻。とりわけ愛しいのは、彼女が最後に身に着けていた白絹の夜着だった。裾が足指を隠すほどの、胸に薄紗《レース》の縁取りのある純白の経帷子《きょうかたびら》。処《ところ》どころに生々しい褐色の染みのついた……。

雪子の衣類に触れることに飽きると、わたしは彼女の靴を手に取る。ちいさくてほっそりとした華奢《きやしや》なその靴を見れば、彼女の足がどんなに優美でちいさかったか誰にだって想像がつくだろう。纏足されて育つという昔の支那の娘だって、こんなに奇麗な足はしていなかったに違いない。

優美でちいさかったのは足だけではない。鼻に近付けるとやはり薔薇の香りのする白い手袋。その指回りの細さ。繊細な作りを見れば、そのなかにすっぽりと収まってしまった雪子の指がどんなに細く、その手がどんなにちいさく美しかったか判るだろう。

わたしは雪子の思い出の品々に触れながら、この封印された部屋で夢のような刻《とき》を過ごす。いつも我を忘れて、簞笥の上の金色のからくり時計の涼やかなオルゴールの音色で現実に戻るのだ。

今もそうだった。突然からくり人形たちがくるくると回り出す。奇麗な懐かしいオルゴールの音。わたしは我にかえった。

真紅な天鵞絨の椅子に腰掛けたビスク・ドールが鋭く深いまなざしでじっとわたしを見詰めている。何かを促すように……。

そろそろあの女の来る頃だ。雪子に捧げる二人めの供物。

花梨《かりん》さん。誰もこの屋敷の女主人にはなれない。誰も雪子の後釜《あとがま》に座ることはできない。あなたもそのことを思い知るがいい。わたしがゆっくりと時間をかけてそれをあなたに教えてあげる。

あなたはこの屋敷に来たことを心の底から後悔するようになるだろう。雪子にとってかわることができると一時でも考えた自分の愚かしさにいつか気がつくだろう。でもね、そのときはもう遅いのだ。

あなたは供物としては申し分のない女。その名の通り、引き締まった秋の実のような顔をもつあなた。額に髪を乱した奇麗な青年のような顔をもつあなたは雪子への贈り物として選ばれたのだ。

わたしは薄紗のカーテンの裾を少しめくって外を眺めた。

薔薇の垣根越しに、紅薔薇よりも紅い毛織のベレー帽が軽やかに通り過ぎるのを見た。

ようこそ、花梨さん。この青髭の館《やかた》に。薔薇の咲き乱れる鬼の巣窟に……。

第一部

1

角を右に曲がると、忽然という感じで、その西洋館は佇んでいた。独逸《ドイツ》の紅い蔓薔薇をからませた丈高い白いフェンスに護られて、あたりを見下すように佇む姿は、まるで野いばらに囲まれた眠りの森の城のようだ。

この館を訪れるたび、私は誰かの夢のなかを歩いているような、そんな不安な気分にさせられる。ここが東京の真ん中に位置することも一瞬忘れて、異次元にでも迷い込んでしまったような錯覚に陥るのだ。

それまで聞こえていた都会の喧噪はこの一角から完璧に閉め出されていた。騒々しさに慣れきった耳には、かえってうるさいほどの静寂さがあたりを支配している。つい先程まで甘ったるく鼻孔を刺激し続けていた金木犀《きんもくせい》の香りですら、ぷっつりと断ち切られたよう。

何か目には見えないバリヤーが館全体をすっぽりと覆い尽くし、日常的な音や匂いを頑固に拒絶している、そんな雰囲気がここにはあった。はや十月のたそがれの気配を見せはじめた黄金色の雲のたなびきを背景にして、洋館は分厚いレンズを通して見たように、妙に歪んだ恰好で聳《そび》えていた。

私は重たい革のトランクの取っ手を左手に持ちかえると、何気なく、壁にびっしりと蔦を這わせた館の南に面した大きな白い窓を見上げた。その二階の張り出し窓のぴったりと閉じられた薄紗《レース》のカーテンが僅かにゆらいだような気がしたからだ。

窓の硝子戸は閉められていたから、風のいたずらではない。

あの封印された雪子の部屋に誰かいるのだろうか。寿世《ひさよ》さんかもしれない。月に何度かあの部屋を掃除していると言っていたから。

しかし、薄紗が揺れたように見えたというのは私の目の錯覚だったのかもしれない。暫《しばら》く立ち止まって見ていたが、もうカーテンは閉じたまま小揺るぎもしなかったからだ。やはり目の錯覚だったのだろう。

あの窓をこうして見上げていると、厭《いや》でもあの日のことを思い出す。一年前のちょうど今頃。あの日の凄惨《せいさん》な光景は生涯私の瞼《まぶた》に焼き付いて消えないだろう。

苑田良江《そのだよしえ》は蠟人形のように、あの日、あの窓辺にみじろぎもせずに佇んでいた。大きく開け放たれた硝子戸。十月の風に長い髪をなびかせて、似合わない白い服を着た彼女は蒼白な無表情で私の方を見おろしていた。

どうしてあの部屋に良江さんがいるのだろうと、私が訝《いぶか》しく思った瞬間だった。彼女がもがき泳ぐような奇妙な身振りをしたかと思うと、宙に舞ったのは。

彼女はあの時悲鳴をあげただろうか。それとも悲鳴をあげたのは私の方だったのだろうか。思いだせない。

記憶にあるのは、我にかえって駆け寄ったとき、石畳に叩きつけられた彼女の歯がそこら中に散らばっていたことだけだ。

真珠のような奇麗な歯をしていた雪子。彼女もこうして死んだのだ。

ふたりの女の血を吸った石畳は今はもう何事もなかったように洗い清められている。

私は僅かに花をつけはじめた黄色い蔦薔薇のアーチ形の裏門を抜けて、屋敷のなかに入った。

南に面した広い庭はそのまま彩《いろどり》も華やかな薔薇園《ローゼン・ガルテン》になっている。

半裸の女神像の佇む大理石の丸い噴水を囲むように、ハイブリッド・ティー、グランディフローラ、フロリバンダと、樹形の違う種類ごとに間隔を置いて、薔薇たちは整然と植えられていた。処どころに立てられた柱には、薄紅や黄色の平咲きの蔓薔薇。薔薇園は華やかであると同時に野趣をおびて、異国の地に迷い込んだよう。

噴水の暗い翠色をした水面には、風に吹き寄せられた紅《あか》や白、黄色やピンクの薔薇の花びらが浮かんでいる。

傾きかけた秋の日が見上げるほどに丈高いクイーン・エリザベスのややほころびすぎたピンクの花弁の縁を金色に染め、パパ・メイヤンは日差しがきついというように、その黒紅色の花くびを僅かに垂れて咲いていた。目にしみるような朱色のたっぷりとした花を風にそよがせているマリヤ・カラスは豊満でおおらかな南国の美女さながら。

陽気な感じのマリヤ・カラスの傍らには、面白いことに、ハンカチを握り締めて今にも失神しそうな貴婦人の顔色をもつ蒼ざめたブルー・ムーンがかなり花をつけていた。

きりっとした小振りの樹形の、小粋なルビー・リップスの濡れたように鮮やかな花色は、うっかり手を触れたら、指先が爪紅でもさしたように染まりそうだ。

丈高い白薔薇ホワイト・クリスマス。真紅な天鵞絨の花びらのクリスチャン・ディオール。目の覚めるような鮮やかな黄色のサマー・サンシャイン。白い八重咲きのシネエビッシェン。可愛い仏蘭西《フランス》の紅い花、コンチェルティーノ。白い肌にほんのり血の気が

あれはまさに魔の時刻が見せた一瞬の幻だったに違いない。父よりもふたまわり近くも若く、顔立ちとてこれといって似たところのない男を、そこに父が立っているかのように錯覚してしまったのだから。

その中背でほっそりとしたシルエットを持つ男の顔は、コバルトブルーの大気に映えて女のように白く見えた。やはり空気のせいで純白に見えるワイシャツに黒っぽいズボン。襟足にかろうじて届くくらいの長めの漆黒の髪を無造作に後ろに撫でつけて、ややいかつい黒縁の眼鏡をかけたその顔は、目がなれてくると少しも父には似ていなかった。ただ薔薇の木にかがみこむ、その姿に、ありし日の父がよくそうして狭い庭に申し訳程度に植えた薔薇の世話をしていた姿を思わず重ね合わせてしまったのだ。

その男は、フェンスの隙間に顔をくっつけるようにして庭を覗いていた変な女の子に気がつくと、表情のない顔つきでこちらをじっと見た。

他人の住まいを無遠慮に覗き込んでいたきまりの悪さに、私は慌ててその場を立ち去ろうとした。ところが、慌てたせいか、あまりに蔦薔薇にくっつきすぎていたためか、セーターの袖が薔薇の棘にひっかかってしまい、取ろうとあせればあせるほど、薔薇に捕まって身動きが取れなくなってしまった。

「動くから、よけいからみつくんですよ」

館の主は表情のなかった顔にかすかな笑いを浮かべて近付いて来た。

「薔薇があまり見事だったものですから、つい見とれて」と、私はしどろもどろに弁解しながら、やっとの思いで棘からセーターを引き離した。

「薔薇がお好きなんですね」

男は柔らかい微笑を口許に浮かべていた。唇の薄い、面高の、男にしては骨格の華奢《きゃしゃ》な、やや酷薄そうな顔立ちだったが、一瞬にしろ亡父と見間違えたせいもあってか、私には初対面とは思えないほどなつかしい印象があった。

「父が好きだったんです。ほんの数株ですが、うちの庭にも植えてありました。でも父が亡くなって、みんな枯れてしまいました」

問われもしないのに、何故見ず知らずの人間にここまで話してしまうのだろうと自分でも不思議に思いながら、私はそんなことを口走っていた。

しがない役所の職員にすぎなかった父。酒も煙草もやらず、人づきあいも苦手で、仕事が終わると判で押したように定刻に帰ってきて、ささやかな庭に植えられた薔薇の手入れをするのが唯一の愉しみだった人。

その父が膵臓癌で逝ったあと、庭の薔薇は私にはなつかず、育て主に殉ずるように次々と枯れていった。とりわけ丹精こめて見事に咲かせたピースが死んだ夜、私ははじめて父を喪《うしな》ったことを実感して泣いた。母を早くに亡くしていた私にとって、父は父親である以上の存在だったことを思い知らされたのだ。

「よかったら、中に入って薔薇をご覧になりませんか」

館の主はふいにそう言った。

「そこから覗いていてもよくは見えないでしょう」

笑いを収めていた口許にまた刷いたような微笑が浮かんだ。

「で、でも、もう帰らなければ」

心とは裏腹の応えだった。この館の中に入って、この男の案内で咲き乱れる薔薇という薔薇を思う存分見て回りたいという欲望があまりに強く胸を圧迫したために、私はかえって尻込みしてしまったのだ。そのとき感じた強烈な幸福感は恐怖の感情に近かった。

「そうですか。それは残念だが……」

男は呟くように言ったが、すぐに気を取り直したように、

「そうだ。いつかもっと早い時間にいらっしゃいませんか。三時。そう、三時ごろはいかがです？　水曜の三時なら僕も家におります。庭でお茶でも飲みましょう。薔薇を見ながら」

水曜の三時には家にいるという男の職業がとっさに推定できなかった。なんとなく普

通のサラリーマンという印象ではなかった。聡明そうな高い額や、その物腰から判断して、どちらかと言えば知的な職種に就いている人のようには見えたが。

「え、ええ」

私はうろたえながら、そう返事をしていた。

「それでは、水曜の三時に。お待ちしてますよ」

そんな館の主の声を背に受けて、逃げるようにしてその場から遠ざかった。まるで魔物にでも化かされたような変な気分だった。ふと後ろを振り返れば、もう薔薇の咲く館は跡形もない。あの中年の男の姿もかき消えている。そんな妄想にとりつかれて、角を曲がりきるまで怖くて後ろを振り返ることができなかった。

3

水曜日になるのが待ち遠しかった。

ただ、偶然迷い込むようにして訪れた、あの洋館に再び辿り着くことができるかどうか心もとなかった。せめて電話番号くらい聞いておけばよかった。そう口惜しく思ったのは、奥多摩にある、独りで住むには広すぎるがらんとした我家に帰りついてからだった。

　しかし、その水曜日がやって来て、私はまるで一条の薔薇の香りに導かれるように、なんら迷うことなく、あの館を再び訪れることができたのだ。

　あの角を曲がるとき、立ち去るとき同様、ひょっとしたら、あの屋敷はもうどこにもないのではないかという奇怪な妄想にとりつかれた。でも、有り難いことに、薔薇の館は厳然としてそこに存在していた。浮世から超越した揺るぎない佇まいで。

　屋敷の前に辿り着いて私が次に心配になったのは、屋敷の主が私との約束を忘れているのではないかということだった。あれは、その場限りに言った、ほんのお愛想にすぎなかったのかもしれない。幼稚にも私はそれを真《ま》に受けてしまったのではないか。

　そんな懸念も、しかし、杞憂に終わった。

　あのときの男は白い八重の薔薇をからませたパーゴラの下で、お茶の用意をさせて私を待っていてくれたのだ。

　紅や黄色の薔薇の花びらを浮かべた、石榴《ざくろ》色をしたローズ・ティーはかぐわしい五月の香りがした。

　苑田は静脈が浮き出た女のように白い手で紅茶カップを口許に運びながら、私の名を尋ねた。秋の実の名を言うと、僅かに眉をつりあげて、

「かりん？　どんな漢字をあてるのです？」

と、興ありげに訊いた。

「花の梨と書きます」

「へえ、奇麗な名前ですね。どなたがおつけになったんです？」

「父です。私が生まれた産院の庭に実をつけた花梨の木があるのを目にとめて、そのとき、この名が閃《ひらめ》いたのだそうです。もっとも、後で聞いた話では、それは花梨の木ではなく、本当はマルメロだったんですって。でも父は強引に花梨にしてしまったんです」

「マルメロでは女性の名になりませんものねえ」

苑田はそう言って声をたてて笑った。

「お父上は薔薇がお好きだった？」

「ええ。とても」

私はやや女性的な性格だった父のことを想った。神経の細やかな、植物の好きな人だった。

「亡くなった妻もたいそう薔薇が好きでした」

目の前の男は微笑を鞘《さや》に収めるように消して、遠いところを見るまなざしをした。視線の彼方には、とりわけ丈高く、鋭い剣のような花びらを反《そ》っくり返らせて風に揺れているハイブリッド・ティー系の紅薔薇の姿があったが、視線はそれを突き抜けて遥か彼方に注がれていた。

「なかでも白い薔薇が好きで、屋敷中を白薔薇で埋め尽くしたいと考えていたようです。雪子自身が——あ、死んだ妻の名前です——白薔薇の化身のような女でした……」

妻を喪った男は両手を白いワイシャツの腹のあたりに組んで、回想でもするような深い目の色になった。

「妻に最初出会ったのは、やはり五月の日のことでした。もう何年も昔のことになりますが。彼女はまだほんの子供といってもいい年齢でした。十四になったかならずかの。日の暮れかけた公園で、ベンチに独りでポツンと座り、公園の片隅に植えられていたひとむらの薔薇を見ていました。遠目にも安物と判る野暮ったいセーラー服を重たそうに着て。傍らに教科書で膨らんだカバンを置いて。小柄でひどく痩せており、家の者の手で乱暴に刈り込まれたままのようなザンバラ髪をしていました。少しも人目を惹くところのない子でしたのに、私は何か身内からつきあげるような衝動に駆られて、その少女に声をかけていました。

瞬きもせず、一心に薔薇を見ているその姿に、心を揺さぶられるものがあったのかもしれません。その公園の薔薇というのは、こうして屋敷で同じ花を育てている者の目から見れば、薔薇と呼ぶことさえ憚《はばか》られるようなお粗末なしろものでして、そんなひどいものでもこれほどこの少女の心を捕えているのかと思うと、なんだか少女が哀れになったのです。

こんな所で何をしているのかと尋ねると、彼女は小さな顔に目ばかりクッキリと大きな子猫のような顔を振り向けて、まじまじと私を見ましたっけ。ほんとに、あのときの顔は餌を一心にねだる子猫そっくりでした。雪子は何かの拍子によくそんな表情をしました。透明な目をして、何を考えているか全く判断のつかないような曖昧な、そのくせ妙にスッキリとした顔付きでじっと人の顔を見るのです」

苑田は思い出し笑いをするように、くっくっと低い笑い声をもらした。

「やや間があって、彼女は帰ると家の手伝いをさせられるので、ここでこうして薔薇を見ているのだと応えました。どうやら、彼女の家は雑貨屋か何かで商売の手伝いに駆り出されるのが厭さに、こんな所で油を売っていたのでしょう。子供らしい知恵です。学校に残っていればいいのにと、私が言うと、学校なんて家よりももっと嫌いだからここしか居場所がないのだと、雪子は応えました。先生も友達もみんな大嫌いで、仲の良い友達など一人もいないのだとも言いました。そんな少女と出会えたことが私にはたいそう愉快でした。

私はそのとき、その少女を、屋敷に連れていって、こんな公園の埃くさい花などとは較べものにならないほど素晴らしい薔薇を見せてやりたくなったのです。こんな程度の薔薇にすら執着をしめしている少女のことですから、うちの薔薇を見たら、それこそ感嘆の声をあげるだろうと思いましてね。

もっと奇麗な薔薇がうちにあるから見に来ないかと誘いました。ちょっと、人さらいにでもなったようなスリリングな一瞬でした。雪子はあっさりと承知しました。彼女としては、少しでも自宅へ帰る時間が延びることなら何でもする心境にあったのかもしれません。

その日を境に、雪子は学校の帰りにはちょくちょくここに遊びに来るようになりました。彼女と親しくなるにつれて、あの子がどんな惨めな環境に置かれているかを私は知りました。例の雑貨屋は彼女のほんとうの親ではなく、遠い親戚にすぎないことも、実の両親は彼女が物心つかぬうちにとうに亡くなってしまったことも。そして、もうすぐ中学を卒業したら、養い親の強い要望でどこかに働きに出されるであろうということも。勉強は嫌いだから高校へ行けないのはいっこうに構わないけれども、働きにでるのは厭だとあの子は言いました。毎日薔薇を眺めてぼんやり暮らすのが一番いいとも。

そのうち、私のなかで雪子を引き取ろうという考えが育ってきました。野暮ったいセーラー服やザンバラ髪をしていたときには気がつかなかったのですが、少しましな服に着替えさせてみると別人のようになりました。彼女には生まれながらの類い稀な美質が備わっていることに私は気づいたのです。彼女を私の理想の女に育ててみたい、そんな気になりました。その頃、私は三十五を過ぎていましたが、まだ独身でしたから、雪子がもし理想の女に見事育ったら妻にしようと思ったのです。

養い親の方は意外に簡単に話がつきました。かれらは雪子の怠け癖をちゃんと見抜いていて、働きに出してもろくな稼ぎ手にはならないだろうと見当をつけていたようです。それよりもさっさと厄介払いして余計な食いぶちを少しでも減らした方が賢明だと考えたのでしょう。こちらの申し値であっさりと雪子を手放しました。まさに賢明な処置でした。

こうして私は花嫁を金で買い、薔薇と一緒にこの屋敷で育てはじめたのです……」

苑田はここまで夢でも見ているような口調で一気に喋りきると、溜息をついた。

「彼女はこの屋敷のどの薔薇よりも日増しにうつくしく育ちました。彼女のなかに内在していた美にある予感を持っていた私でさえ、想像もしていなかったほどに。まさに泥に汚れて転がっていた石ころが、洗って磨いてみると、素晴らしい輝きをもつ宝石に生まれ変わったようなものでした。でも」

夢見るような男の目がかすかに曇った。漆黒の髪ゆえに白さの目立つ額に深い縦皺が刻まれ、思い出したくないことを思い出す表情になった。

「それも長くは輝かなかった。あれは全く突然の出来事だった。あんな風に誰かにもぎ取られるように雪子が逝ってしまうなんて」

それは殆ど私に向かって話すというより、独り言に近かった。深く自分の中に沈潜《ちんせん》して、目の前の私という存在を忘れているようにも見えた。

雪子は死んだのだ。天からのびた手にもぎ取られるみたいな死に方で。急病か事故に遭ったに違いない。私はふとそう思った。

「あ、いや、どうも。つまらない話を長々とお聞かせしてしまって」

苑田ははっと夢想から覚めたように、ぐったりと椅子にもたれかけさせていた身を素早く起こした。そして、くるりと目の玉をひっくりかえしたとでもいうみたいな現実的な目の色になると、紳士らしい穏やかな微笑を浮かべて、私のことや亡くなった父のことをあれこれ聞きたがった。

「しかし、奇妙な因縁ですね。薔薇好きだった妻を亡くした男の家に、薔薇好きな父親を亡くしたあなたがこうして迷い込んでくるとは。ひょっとすると薔薇の精のお導きかな」

苑田は私の話を聞き終わると、思い出したように冷めきったローズ・ティーを口許に運び、少し唇を湿してからそう言った。

「あのとき、庭で薔薇の木にかがみこんでいた苑田さんを見たとき、一瞬そこに父が立っているような錯覚に陥って息がとまりそうになりました」

「それで、あんな幽霊でも見たような顔をしていたのですね」

「そんな顔をしてました？」

「ええ。茫然《ぼうぜん》としたような」

「苑田さんもあのとき――」

私はそう言いかけて口をつぐんだ。もしかしたら、苑田も私と同様、白いフェンスの隙間から覗いていた私の顔に死んだ愛妻の面影を見たのではないかという、とりとめもない考えが脳裏に閃いたのだ。

「いや。あなたは亡くなった妻には全く似ていません」

彼は私が飲み込んだ言葉を鋭敏に理解したようだった。

「あなたは雪子には全く似ていませんよ」

そう念を押すようにもう一度繰り返した。私は何故かその言葉に失望を感じていた。

お茶のあと、ぐるりと薔薇園を案内してもらい、別れ際に来週の水曜日も三時に訪ねてくることを約束させられた。

4

またもや一週間がのろのろと過ぎ去るのを首を長くして待たねばならなかった。唯一の肉親だった父を亡くして半年。人付き合いの悪かった父の血を受けたのか、私も他人との交わりを積極的にするほうではなく、近所親戚との付き合いは殊更に避け、時折思い出したように美大時代の友人と会うくらいで、あとは奥多摩の自宅に引きこもって写生のために散歩に出たり、植物の水彩などを描き散らしたりして隠者のような生活をしていた。

仕事らしい仕事もせず、私は二十四になろうとしていた。

しかし、独りでいると天井や柱がたてるキシキシという音がいやに耳につく家に無言で寝起きしながら、私のなかにいつしか言い知れぬ人恋しさのようなものが巣くいはじめてもいた。それはテレビの中で動き回る人達のうつろな会話や笑い声、あるいは時たま会う活発な友人たちのその場限りの機知に富んだ馬鹿話などでは到底慰められることのない根の深い孤独の感情だった。

そんな私が、最愛の妻を喪って同じような孤独に沈んでいた男に出会った。最初の出会いのときから異様なほどの加速度を伴って、あの薔薇屋敷の男に向かって傾いていく自分を、私ははっきりと意識していた。

最愛の者を喪った男の孤独を私は身に沁み込むような切実さをもって感じ取ることができたのだ。

時計の針という針が何らかの都合でゆっくりと動きはじめたのではないかと腹立たしくなるほど、長い長い一週間がやっと過ぎ去って、約束の水曜日がそれでもやって来た。

しかし、五月の風に吹かれて足取りも軽く、あの薔薇の館を訪れた私はすぐに失望させられる羽目になった。白い薔薇の垂れ下がったパーゴラの下でお茶の用意をさせて私を待っていたのは、苑田ではなく、彼によく似た顔立ちをした中年の女性だったからだ。

その女は、よく磨かれた先の尖った黒い靴のつま先だけを覗かせて、両脚をすっぽりと毛織の膝掛けで覆い、車椅子に腰掛けていた。

殆ど館から出たことがないのではないかと思わせるような、やや病的な黄色みがかった白墨色の膚《はだ》をして、耳のあたりで女学生のように切り揃えた癖のない黒髪を、黒天鵞絨のヘアバンドで留めていた。前髪をあげていたので、苑田によく似た白い秀でた額がまず目についた。

　彼女はシンプルなデザインの白のブラウスに、ルビー・リップスの花色に似た鮮やかな紅いカシミアのカーディガンを袖を通さずに華奢な肩に羽織っていた。

　薄い口の端をきゅっと引き締めるような独特の笑い方をしながら、苑田の妹で晶《あきら》だと名のった。

「兄は急用が出来て外出しておりますの。あなたとの約束を出掛ける間際まで気にしてましてね。帰りは夜になりそうなのでお会いできないのが残念だと申しておりました。それで、よろしかったら今日はわたしがお相手させて戴きますわ」

　がっかりした表情が顔に出ないように気をつけながら、私は微笑んだが、こちらの心中を見抜いたように彼女の鋭い目が皮肉っぽくちらと動いたような気がした。

　兄の顔立ちがやや女性的なのと対照的に妹の方はやや男性的な感じがした。まばたきもせずにじっと相手を見る目には溢れんばかりの才気が宿っていたし、自分の意見を滅多に曲げない女性に特有の、頑固そうなへの字に結ばれた口をしていた。

　共に異性の要素をふんだんに備え、どことなく中性的であるという点で、この兄妹はよく似ていた。

　晶はこの上なく話上手で、苑田の不在も忘れてしまうほど、私を退屈させなかった。

幼い頃交通事故が原因で両脚が不自由になってから、ずっと四十になる今日まで車椅子に縛り付けられて一歩もこの屋敷から出たことのない自分の身の上を、彼女は他人のことでも話すような冷静な口調で面白おかしく話した。つい笑わされてしまい、それが笑うような内容ではなかったことに気がついてハッと口をつぐむ私の様子を、彼女は一寸ねじくれたような複雑な微笑を浮かべて観察していた。

「それにしても、兄はどうして水曜日にあなたをお招きしたのかしらね」

彼女はそれまでの話題からふいにそれて、呟くようにそう言った。私は、先程から薔薇の木の合間に見え隠れしているカーキ色の作業服を着た、ずんぐりした体格の使用人風の男の姿から目を離して晶の方を見た。

「水曜日にはお宅にいらっしゃるからと……」

「水曜日には？」

「には」に変なアクセントを置いて、晶は皮肉そうな目付きでそう問い返した。

「兄が家にいるのは何も水曜だけではないわ。大学の講義があるのは月曜と火曜だけだから、あとはずっと家に引きこもっているのよ」

苑田は私立の大学で非常勤で美学の講義を受け持っているのだと言う。そう言われてみれば、いかにもそういう感じだった。

「週に二日しか働かない結構なご身分なのよ。わたしたち兄妹は先祖の財産を食いつぶして生きているの。さしずめイヤラシイ高等遊民ってとこね」

彼女は犬歯の鋭さがいやに目につく白い歯を見せてアハハと笑った。

「兄にとって、水曜日が好都合なのは自分が家にいるからではなくて、ある人が家にいないからなのよ、たぶん」

晶は含み笑いをしながら、白い指で膝掛けの房を弄びながら、そんな謎めいた言い方をした。

「ある人?」

「まあ、いずれ判るわよ」

私はこのとき勘違いをした。彼女の言った、「ある人が家にいない」という意味を、「ある人が死んだ」という意味に飛躍的に考えてしまったのだ。雪子のことだと一瞬思った。

「それは雪子さんのこと?」

「雪子?　まあ、兄はあなたにもう雪子のことを話してしまったのね」

彼女は呆れたような声をあげた。

「いいえ。雪子のことではないわ……。だって、あの子はもう死んでしまったんですもの」

苑田晶の目の表情が変わった。皮肉っぽさを湛えたクールな表情が、身内にふいに湧きあがった優しい感情に和らげられて、昔のことを思い出すような霞のかかったまなざしになった。その遠いところを見るような目は、苑田が亡妻のことを思い出しているときの目にそっくりだった。

「雪子は死んでしまった。もう二度と戻ってこない……」

晶は古い子守唄でも口ずさむように呟いた。

「わたしが殺したようなものよ」

「え？」

彼女が不穏なことを口走ったので、私は仰天した。

「殺したって言ったって、勿論、手にかけたって意味じゃないわよ。でも、雪子が天使を見たのは、やはりわたしのせいだわ」

「天使を見た？」

「あの部屋よ」

彼女はいきなり顔を振り上げて、館の南に面した二階の白い出窓をまっすぐ指さした。

「あの子はあの夜、『天使が迎えにきた！』と叫んであの窓から飛び下りたのよ」

窓は二階にあったが、天に突き上げるように建っている館の形からして、実質的には三階分くらいの高さがあった。窓の下は冷たく堅い石畳になっている。ここに飛び下りたら無事ではすまされないだろう。

「どうしてそんなことを」

「高熱のなせるわざよ。前の日から雪子は風邪をひいていたの。華奢な体格の割りには意外と丈夫な子だったのだけれど、扁桃腺があったのよ。早く手術させておくべきだった。ちょっとした風邪でも時折ひどい高熱を出したわ。あの夜もそうだった。高熱にうなされて天使の幻を見たのね。看病していたわたしたちの目がちょっと離れたすきに、あの窓から天使に向かって翔んだのよ。体は下に落ちたけれどね……」

晶は耐え難いことを思い出してしまったというように、両手で顔を覆った。そのまま暫くじっとしていたが、そのうち気持ちの整理がついたらしく手を離した。口紅だけひいた化粧っけのない顔はもうサッパリとした表情に変わっていた。

「わたしたちが異様な気配に気がついて、あの子の部屋にはいったときには、窓の硝子戸は大きく開いていて、雪子のスリッパが窓際にひとつ落ちていたわ。窓の向こうには吸い込まれそうな星空が広がっていて。兄は下を見る勇気がなくて、わたしが見たのよ。二度と見たくないものがそこにあったわ。顔から落ちたのよ。あとであの子の歯を全部拾い集めるのにそれは苦労したわ……」

口調が冷静な分だけ、そのときの情景が私の脳裏に生々しく浮かんだ。

「でも、時々思うの。雪子はあのとき本当に天使を見たのかもしれないって。高熱の見せた幻などではなく。窓の向こうに本当に真っ白い、輝く大きな羽根を持った美しい顔のセラピムが大理石の色をした両腕を広げて虚空に浮かんでいたのかもしれないわ。雪子はもともとこの世の者ではなかったのよ。天がほんの一時、退屈しきっていたわたしたちを慰めるために遣《つか》わしてくれた天界の者だったのよ。あんなうつくしい子が人間であったはずはないわ」

晶はまるで恋人のことでも話すようなうっとりとした口調でそう言うと、せつなげな溜息をついた。

雪子という少女に心を奪われていたのはその夫だけではなかったようだ。さぞかしてごわい小姑だったに違いない、この年上の義妹の心すらこれほどまでにしっかりとつかんでしまった雪子という稀な個性の持主に、私は前よりも一層の興味と、かすかな嫉妬めいたものを感じないわけにはいかなかった。

そのとき、薔薇園のなかで時折その姿を見せていた例の使用人風の男が、あわてふためいた様子で、薔薇の木の合間に作った小道をこちらの方にやって来るのが見えた。

近くで見ると、異様なほど背の低いずんぐりした男で、瞼の膨らんだヒキガエルのような顔ががっちりした肩にめり込んでいるような体つきをしていた。カーキ色の作業服はあちこち染みがついて薄汚れていた。

「お、お嬢さん。ユキコが花をつけましたよ！」

その男は興奮を隠しきれない震えるような声で吃りながら言った。年のほどがわかりにくい渋皮色の肉厚の顔の右目の下には、ちょうど薔薇の花びらが一枚貼りついているように見える黒い痣《あざ》があった。

「ユキコが？　ほんとう？」

晶も車椅子から背伸びするみたいな反応を示した。声には喜色が溢れていた。

「きょ、去年よりも、い、色合いが実にいい」

尚も吃りながらそう続ける男を尻目に、晶は車椅子を自分で巧みに操って薔薇の小道をずんずん進んで行った。私も、そのヒキガエルのような男と一緒に晶の後を追った。

「まあ、なんて奇麗なの！」

晶が車椅子から身を乗り出すようにして覗き込んでいたのは、ハイブリッド系にしてはやや丈の低い白薔薇で、小振りの花が一輪だけおずおずとした感じでほころびかけていた。淡い気品の高いピンクのぼかしの入った象牙色の薔薇は、なんともいえぬ繊細優美な風情をしていた。乱暴に触ればホロホロと花びらが壊れてしまいそうな微妙なニュアンスに富んだ姿と色合い。そのくせ、硝子細工を思わせるような冷やかな透明感が、芯に行くほどピンクの色が濃くなる、そのきりっとした半剣弁の花弁の重なりにはあった。

「雪子の肌のようだわ。お風呂からあがって少し冷めかけた頃のあの子の肌の色にそっくり!」

晶は手を伸ばして、薔薇の花弁にそっと触れて感きわまったように言った。

「このあえかな色合い。このしっとりした肌触り。まさしくあの子よ!」

彼女は美猫の喉でも撫でるような手つきで、限りない愛情をこめて薔薇を愛撫した。

小振りの白薔薇は彼女の愛撫に応えるかのように、その白い指の間でかすかに震えていた。

「そうだわ。紹介するわ」

晶はやっと白薔薇から目と手を離すと、思い出したというように、彼女の傍らに突っ立って、奇麗に装った我が子を見る親のような目付きで薔薇を眺めていた男に視線を移した。

「壬生昭男《みぶあきお》。我が薔薇園の園丁よ」

その男も視線を薔薇からひき剝《は》がすようにして私の方に移した。興奮を宿していた目は既に醒めて陰気な、容易に人に心を開かない人間特有の無表情さを浮かべていた。

「相澤《あいざわ》花梨さん。兄の新しいお友達よ」

晶は「お友達」という言葉を文字にしたら、傍点でも打つように区切って発音した。

「このユキコは壬生が苦労して作出《さくしゅつ》した薔薇なのよ。世界中探したって、この薔薇と同じものはどこにもないわ。門外不出の名花なのよ」

彼女は自慢そうにそう言った。壬生昭男は目を伏せて立ち尽くしていた。

「ねえ、花梨さん。そんなところに突っ立って見ているだけでは駄目。この花びらに触れてごらんなさい。何とも言えない肌触りよ」

晶に促されて、私は白薔薇に近付いた。デリケートな重なりを見せている象牙色の花弁に指を触れてみた。ひんやりとした天鵞絨の感触。露を吸ってしっとりした感じが指の腹に伝わってきた。まさに淡い産毛に覆われた、なめらかな少女の肌のようだった。

「香りはいかが？」

晶は自信ありげに尚も言った。

やや濃いピンクに染まっている高芯《こうしん》に顔を近付けると、甘ったるさのない、爽やかな気品を秘めた香りがした。東洋的な奥行きのある肌理《きめ》の細やかな香り。どこか宗教的なイメージさえあった。ふと脳裏に朽ちかけた遠い国の寺院が閃いた。

「あ」

薔薇の花くびに軽く手を添えていた私は、思わず手を引っ込めた。優美な姿に似合わない鋭い棘が指を刺したのだ。右手の人差し指を見ると、見る間に血の玉が膨らんだ。指を口許にもっていくと、舌に鉄錆の味が広がった。

「気をつけて。ユキコは血が好きなのよ」

晶は今頃になって取って付けたように薄く笑いながら言った。

ユキコ。

亡妻と同じ名を持つ薔薇……。

白薔薇はささやかな悪意を秘めて風に顫《ふる》えていた。

5

六月に入ってからも私は水曜ごとのお茶会に招かれた。

三度めの訪問のときは苑田はちゃんと在宅していて、先日は急用が出来てしまい妹に相手をさせて申し訳なかったと詫びた。「是非お会いしたかったのですが……」と言葉の語尾を曖昧にした言い方に、社交辞令とも言い切れぬ本音のニュアンスを感じ取って、私は幸福な気持ちになった。

三度めのお茶会からは晶も同席するようになった。しかし、彼女はずっとべったり私たちと居ることはなく、遅れて庭に出てきたり、少し話して疲れたからもう部屋に戻ると言って早めに席をたつことが多かった。なんとなく、兄と私を二人きりにする時間を設けようと気を利かしているのではないかという気がした。

訪問も度重なるうちに、この屋敷のこともそれとなく判ってきた。この大正の中期に建てられたという洋館に住んでいるのは、苑田兄妹に、この二人の母親代わりともいえる、老家政婦の寿世という女性。それに十八になる無口なお手伝いの有美《ゆみ》という女の子。そして、館から少しはずれたところに在る小さな一軒家に独りで住んで居るという、あの薔薇園園丁の壬生という男。

私が知り得たのは、この五人だけだった。寿世という老家政婦は、年の頃は六十代半ば、鬘《かつら》ではないかと思わせるような銀白の、いつ見ても鬢《びん》のほつれのまるでない上品なウエーブをつけた髪形をしていた。二重顎の柔和な顔立ちで、色が白く、頬は瀬戸物の人形のような艶のある薔薇色、老いてもなお京女風のたおやかさがあった。が、何かの拍子に笑ったときなど目立つ歯の隙間に詰めた金が、妙に彼女の顔を俗っぽく見せることもあった。

苑田兄妹に接する態度は家政婦というより、もっと近親者、例えば伯母のそれに近かった。

馬鹿丁寧で蜜をたらしたようなねっとりとした喋りかたをした。

お手伝いの木崎《きざき》有美は血色の悪い唇をしたリスのような顔立ちの陰気な痩せた少女で、田舎訛りを気にしてめったに口を開かなかった。

六月も半ばを過ぎ、花の見ごろも終わり、次第に汗ばむ季節になろうという頃、私のなかで、この水曜ごとのお茶会は欠かすことのできない大きな意味をもつようになっていた。

週に一度だけ薔薇の館で過ごす、ほんの二時間ほどの時間が、それ以外の時間を全く色褪せさせてしまった。私は以前よりも自宅に独りでいることが苦痛になり出していた。気晴らしに写生に出かけても前ほど神経を集中することができず、時たま会う友人たちの会話は退屈で仕方がなかった。

水曜日を明日に控えた火曜の夜など、まるで遠足前の子供のように興奮して寝つかれないこともあった。そして、お茶会が終わると、後ろ髪を引かれる思いで薔薇の屋敷を後にし、またも長い長い一週間を待たねばならないのかと殆ど絶望に近い気分に陥った。

時折この苦痛のあまり、何故週に一度しか訪問が許されないのか、何故苑田が在宅しているという木曜や金曜では駄目なのか、自問自答することがあった。あの晶の謎めかした言葉も気になっていた。苑田が水曜日に限って私を招くその理由。いくら空想を逞しくしてもその理由が判らなかった。直接本人に訊いてみるのが一番てっとり早かったのだろうが、なんとなく口に出すことが憚られた。

ただ、そのことよりも私を不安に陥れたのは、薔薇の季節が終わっても、私はあの屋敷に招かれるだろうかということだった。七月に入れば、薔薇の木は秋に向けての長い眠りに入る。薔薇を見るという、あの屋敷を訪れる私の口実がなくなってしまう。

しかし、この不安も、「花の季節が終わっても、お茶会はこのまま続けましょうよ」という晶のなにげない一言で一掃された。彼女が私に何故か好意を持っているらしいことは、なんとなく感じてはいたが、私の方はこの頭脳《あたま》の鋭敏すぎる、自分でそれを持て余しているような女性に気後れのようなものを感じて今ひとつ馴染めなかった。それでも、このときだけは彼女に心から感謝せずにはいられなかった。

自惚《うぬぼ》れだと嗤《わら》われるかもしれないが、サラリと出された晶のこの提案に救われたのは私だけではなかったような気がした。

お茶会が重なるごとに、私の心に変化がおきていったように、苑田にも心境の変化があったように思えるのだ。最初のうちは、彼は妹と競うようにして、亡き妻雪子の思い出を微に入り細に入り語ることを好んだ。が、彼はだんだん雪子のことを口にしなくなった。そして、とうとう、ある日、いつものように晶が、目を輝かせて、「ねえ、覚えてる？」という出だしで始まる思い出話をしようとすると、苑田は僅かに眉を顰《ひそ》めて、「もう死んだ者の話はよそう。いくら話しても生き返ってくるわけじゃない」と、思い出に浸ろうとする妹の口をピシャリと封じたのだった。

兄の突然のこの拒絶に晶は一瞬唖然とした顔をしていたが、ちょっと泣き出す寸前の子供のような歪んだ表情を見せると、「そうね。いくら話してもあの子が生き返るわけじゃないものね……」と呟くと、実に鮮やかに話題を変えた。

かすかなしこりのようなものは残ったが、聡明な彼女は兄の望まない話題を注意深く避けるようになった。

私は薔薇屋敷の人々に明らかに歓迎されていた。ただ、いつ会っても怒ったような無表情な反応しか見せない壬生昭男には嫌われているのではないかという思いがあった。しかし、この心配も、やはり晶の一言で私の思い過ごしだったことが判った。

「壬生が無愛想にしてても気にしないでね。あの男はどんな女に対してもああなのよ。女ぎらいってとこね。というか、あの御面相では女に相手にして貰えないことが最初から判っているので、自分の方から心を閉ざしているというのが真相だけどね。外見からは想像もつかないほどナイーブな男なのよ。もう五十近いんだけれど、まだ独身であの離れに独りで住んでいるのよ。普通の男だったら、女にむける情熱を彼は薔薇に注ぎ込んでいるの。どんな美しく驕慢《きょうまん》に見える薔薇でも、人間の女のように彼の容姿を厭がりはしないからね。裏切られることを心配せずに愛することができるんでしょう。

でも、彼にだって人間の女に対する関心がまるでないわけじゃないわ。とりわけ美しい女に対する関心は並の男よりも強いかもしれないわ。自分がみっともない分、美への憧れがそれは強いのよ。美意識だって並の男など較べものにならないほど高いわ。

わたしの見たところ、壬生はあなたが気にいっているわ。だって、あなたはとても奇麗だもの。雪子の美しさとは全く違うけれど」

晶はそう言った。最後の一言がまたもや私を傷つけた。いつも密かに雪子と較べられているような気がする。そんなに私は雪子に似ていないのだろうか。彼女の写真か絵姿を見てみたい気がした。

「壬生って前世では絶世の美男子だったんじゃないかしら」

晶はそんなことを唐突に言い出した。

「でも、きっとそういう自分の容姿を利用して悪逆の限りを尽くしたんだわ。それで、罰としてこの世ではあんな姿に生まれ変わってしまったのよ。彼の醜さは殆ど美に匹敵するわ。実にロマンティックなものがあるわ。悪い魔法使いにヒキガエルにされてしまった美しい王子を思わせるところがあるわ。あの目の下の痣だって、まさに薔薇の呪いとでも言いたくなるような形をしているじゃないの」

私には、ロマンティックなのは壬生昭男の姿よりも、苑田晶のこうした突拍子もない空想力の方であるような気がした。

こうして、苑田家の人々と親しさを増すにつれて、私のなかで、自分が週に一回の訪問者にすぎないことに飽き足らない思いが募ってきた。せめて週に二度訪問が出来たら。また、薔薇のパーゴラの下でローズ・ティーを飲みながら話をするだけでなく、屋敷のなかを見たり、夕食くらい一緒にすることができたら。そう密かに願わずにはいられなかった。むろん、そんな自分の願望を口に出すことなど思いもよらなかったが。

いや、本当のことを言えば、私の願望はその程度では済まないところまで来ていた。自宅で独りでいると、つい空想してしまうことがあった。それは、私があの屋敷の永久的な住人になっている姿だった。あの家で目が覚め、あの家で食事をし、あの家で眠るのだ。好きなとき、好きなだけ薔薇の園を歩き回ることもできる。そして、何よりも私には家族がいる。良人《おっと》とその妹……。

あまりにも馬鹿げた空想だと思いながらも、独りになると孤独のあまり、こうした空想に耽《ふけ》らずにはいられなかった。しかし、あの薔薇屋敷の主の心にはいまだに不幸な亡くなり方をした幼妻の面影が色濃く宿っている。やはり私の空想が現実になる可能性は低すぎた。

ただ、ある日、晶が別れ際に囁いた言葉が私にかすかな希望を抱かせた。

「あなたに出会って兄は変わったわ。今、兄は雪子の思い出に埋没していた、生きる屍のような過去の生活から這いあがろうとしているのよ。あとは時間が解決してくれるわ、花梨さん」

彼女はそう言ったのだ。この明敏な女性は苑田の気持ちも私の心もすべて透視でもするように見抜いていた。

しかし、私はまだそのとき知らなかった。私の希望を完膚《かんぷ》なきまでに打ちのめす出来事が待ち受けていたことを。晶が言った、「時間が解決する」という言葉の本当の意味を……。

6

あれは七月に入って最初の水曜日だった。

パーゴラの下のお茶会の話題は薔薇の花色のことになった。晶が、夏の気配を見せはじめた紺碧の空を眩しそうに見上げながら、あの空のように澄みきった真っ青な薔薇の作出は可能だろうかと、ふともらしたのがきっかけだった。

「今のところ、青薔薇と呼ばれているのは、ブルー・ムーンやレディ・エックスに見られるように、青というより藤紫色だからね。真紅や純然たる黄色に匹敵するコバルトブルーの薔薇は生まれていない。これはブルーを作る色素が花びらに出ないためなんだ。もし、これが出れば、神秘的な青い薔薇が生まれることになるのだが」

瞼にそんな青薔薇を思い描くような目の色で、苑田は言った。

「でも、いつかそんな薔薇があらわれるかもしれないわね。だって、黄色い薔薇だって、人間が半ば無理矢理自然の摂理を曲げて作り出したものなんだから。青い薔薇だって作りかねないわ」

「え？　黄薔薇は最初から自然にあったものではないの？」

私は驚いて訊いた。

「もちろん、黄色い野生薔薇は近東あたりに存在していたのだが、現代の黄薔薇の代表ピースやサマー・サンシャイン、ゴールド・バーニーのようなタイプは薔薇作りたちが研究に研究を重ねて人工的に作りあげたものなのですよ。そんなに古い話ではない。二十世紀初頭の頃です。フランスのジョゼフ・ペルネーデュシェという薔薇作りが、イランあたりから導入したペルシャン・イエローと呼ばれる黄色い野生種とハイブリッド・ティー系をかけあわせて苦労の末に、ソレイユ・ドール——黄金の太陽という意味です——という千重咲きの黄薔薇を生み出したのです。これが後に様々に改良されてピースやサマー・サンシャインなどの基になったというわけですね」

苑田がそう説明した。

「このジョゼフ・ペルネという薔薇作りは、あのナポレオン妃として有名だったジョゼフィーヌがマルメゾン宮殿に作った壮大な薔薇園のお抱えの薔薇作出家の一人だったんです。彼女はやはり薔薇好きだったマリー・アントワネットに対抗してか、かなり薔薇のコレクションに熱心だったそうです。わざわざ中国から庚申《こうしん》薔薇なども取り寄せていたらしい。同じ薔薇好きといっても、クレオパトラなどは単に薔薇を大量に消費したというだけの人物にすぎませんが、ジョゼフィーヌはさすがに薔薇の歴史にずいぶん貢献したようです。もっとも、薔薇に熱中したのもナポレオンに顧みられなくなった憂さ晴らしだったのかもしれませんがね」

「こういう薔薇の知識に関したことは兄のお得意なの。薔薇に関する観念的なことは何でも兄にお聞きになるといいわ。実際に爪を泥で真っ黒にして花を育てているのは壬生なんですけれどね。兄のこの女のように白い手では菫《すみれ》一株だって育てることは出来ないわ。せいぜい薔薇のうつくしさを讃える文章でも書くくらいのものね」

横合いから晶が辛辣な口調で言った。苑田は妹の毒舌に苦笑したが、腹を立てている様子はなかった。晶の口ぶりは辛辣ではあったが、兄に対する愛情のようなものが口調に滲み出ていたせいだろう。

苑田は、ダマスクやガリカなどの古代薔薇から、どういう過程を経て、現代のハイブリッド・ティー系の薔薇にまで至ったかを、学生を相手に話すように語りはじめた。

「現代の園芸用の薔薇はまさに人工の極致なんですよ。もともと自然に存在していた野生種を様々にかけあわせて、ハイブリッド系が出来たのです。例えばハイブリッドの特徴である四季咲きというのは、昔から中国に自生していた、ローザ・シネンシスつまり庚申薔薇——長春花とも呼ばれますが——の血が入っているからなのです。この庚申薔薇というのはうちの庭にも少し植えてありますが、一重か八重の薄紅色の花で、春に咲きはじめて秋まで咲き続けるのです。中国の古い絵画や瀬戸物には鳥や獣、竹などの植物と組み合わされてよく描かれています。李白《りはく》が詩のなかで謳《うた》った『薔薇』というのも、この庚申薔薇のことでしょう。中国では十世紀頃までに主に庚申薔薇の品種が数多くあったことがそれらを見ると判ります。

この庚申薔薇は平安朝以前の日本にも伝えられていて、『源氏物語』や『枕草子』などにも『さうび』と呼ばれて登場していますよ。源義経の兜に描かれていた薔薇というのも、この庚申薔薇かもしれない。

紀貫之は古今和歌集のなかで、『さうび』と題して『我はけさうひにぞ見つる花の色をあだなるものといふべかりけり』という歌を残していますが、この歌にも当時としてはまだ珍しかった、この薔薇のことが巧みに歌い込まれています。『今朝』『初《うひ》に』という言葉のなかに『さうひ』という言葉が隠されているのですよ。相当にモダンで新しもの好きな人だったようですね、紀貫之という人は。

また、ティー・ローズに特有のあの剣のような花びらと気品のある香りは、ローザ・ギガンティアの血が入っているからだし、フロリバンダ系の房咲きの特徴は日本のノイバラの血を受けついでいるんです。

大輪の紅薔薇の祖先はガリカ、白薔薇はアルバ、濃い香りのピンク系はダマスクの血がはいっているからですね。かのボッティチェリの絵のなかにも、このガリカやアルバ、あるいはポンポン咲きのセンティフォーリアが沢山描かれています。あのギリシャの女流詩人サッフォーが讃えた薔薇も、たぶんガリカか黄色のフェティダだったんでしょう。こうした薔薇の原種は近東に自生していたのですが、どういうわけか、肝心のお家ものイスラム圏には薔薇に関する資料が少ない。薔薇を描いた芸術作品もあまり発見されていないんですよ」

「薔薇というと、なんとなく西洋のバタ臭いイメージがあったんですが、本来は東洋の花だったんですね」

私が言うと、苑田は大きく頷いた。

「そうですね。薔薇の花の神秘性は、あれはやはり東洋的なものですよ。まあ、研究や改良が二十世紀以降西欧人の手で多く行われたから、西欧の花という印象が強いのですがね。僕などもあまりに西洋西洋した大柄で豪奢な花よりも、香りも姿も東洋的な趣のある方が飽きが来なくて好きなんですが――」

機嫌良く喋っていた苑田の顔つきがふいに変わった。口許から微笑が消え、私の肩越しに何か不愉快なものでも見たような、気難しい表情になった。

兄の顔つきの突然の変化に晶も気がつき、首をひねってその視線の方向を見た。私もつられて後ろを振り返った。

私たちから少し離れたところに、白いワンピースに白い帽子を手に持った、三十くらいの女性が立っていた。小柄で痩せていた。色は白い方だろうが、着ている服が純白なので猿のような黄ばんだ膚色に見えた。目の縁の黒ずんだ老けた感じのする平凡な顔。少女のように前髪をたらし、パーマっ気のない長い髪を肩に散らしていた。胸に薄紗《レース》の飾りのついた妙に少女趣味のワンピースと、少女めいた髪形がまったく似合っていないので、その女には思わず目をそむけたくなるような醜い印象があった。

顔だけ年を取った『不思議の国のアリス』みたいだった。

「あら。今日はお帰りがばかにお早いのね」

晶が小馬鹿にしたような口ぶりで言った。

「ええ。あの、なんだか頭痛がするものですから途中で失礼してきましたの……」

女は帽子の庇《ひさし》を手で揉みしだきながら、おずおずとした態度で応えた。

「お客さまですの？」

白い服の闖入者はちらと私の方を見て、小声で訊ねた。

「相澤花梨さん」

晶は木で鼻をくくったような紹介のしかたをした。

「カリンは花の梨と書くのよ。奇麗な名前でしょう」

女は微笑んでいた。

「兄さんの親しいお友達」

日差しの加減か、女の顔が少し歪んだように見えた。

「そう」

女は歪んだ笑顔を見せたまま、私に向かって丁寧に会釈した。

私も慌てて会釈を返した。

それにしても、この女は何者だろう。晶のさきほどの言葉から推測するに、この屋敷の住人のようだった。しかし、今まで一度も会ったこともなければ、噂にも出てこなかった人だ。この家の者なら、晶か苑田の口から一度くらいは聞いていてもよさそうなものなのに。

「兄さん。彼女を花梨さんに紹介しないの？」

晶がつめたい声で促した。

苑田は不機嫌な顔のまま、嚙み飽きたチューインガムでも吐き捨てるような口調でこう言った。

「妻の良江《よしえ》です」

ツマという単語の意味がとっさに理解できなかった。

こんなことが前にもあった。父が癌だと医者から聞かされたときだ。潮のひいていく浜辺に立ち尽くしているような、気の遠くなる感じ。小学生でも知っている易しい言葉が牙を剝《む》いて、いきなり私に襲いかかってきた。言葉は刃物よりも鋭く私の胸を切り開いたのだ。

7

「兄は再婚したのよ」

晶が低い声で駄目を押すように言った。

茫然として、私は青い顔をしていたに違いない。表情を取り繕うには不意打ちすぎた。ショックで青ざめたまま、私は苑田の妻だと紹介されたばかりの女を見つめていた。

白い服の女は私の凝視から逃れるように、「まだ頭痛がしますので、部屋で休みますわ。ごめんなさい」とだけ早口で言い残して、そそくさと館のなかに入って行った。

暫く、晶も苑田も押し黙って口をきかなかった。

苑田の白い表情のない顔には、パーゴラに這わせた薔薇の葉の隙間から、こもれ陽がだんだらの縞模様を作っていた。

「彼女、近くのカルチャーセンターに皮革工芸の技術を習いに行ってるのよ。水曜の午後はね」

晶がやっと重い口をひらいた。この一言で何故私が水曜日に限ってお茶会に招ばれたか判っただろうというように。

しかし、苑田の二度めの妻についての話題はそれきりだった。晶も苑田も彼女のことをそれ以上話す気はないようだったし、私も彼女のことをあれこれ穿鑿《せんさく》する気力がなかった。この屋敷の住人になるという私の甘美な空想はみごとに打ち砕かれて足元に散らばっていた。

その日は暫く気まずい雰囲気が尾をひいたものの、晶の機転で話はまた薔薇のことに戻り、白い服の女の存在など三人とも忘れ果てたような振りをした。そして、来週も会うことを約束して私は屋敷を後にした。

帰り道、あそこへはもう二度と行くまいと決心していた。苑田兄妹に巧みに騙されていたような気がした。しかし、次の水曜日までの耐え難い孤独がこの決心を鈍らせた。

火曜の夕方になると、まるで麻薬が切れたように、あの薔薇の館をもう一度訪ねたいという欲望を抑えることができなかった。

それに、苑田が再婚していたことを知った翌週から急に訪問しなくなれば、密かに心のなかに想い描いていた夢を見透かされてしまうような気もした。つまらぬ見栄だが、何食わぬ顔をして、薔薇の魅力だけに惹かれてあの館を訪ねて行くような振りをする必要があった。

結局、私は次の水曜日も憑かれたように薔薇の館に出かけて行った。

お茶会は何事もなかったように続けられ、苑田の妻にも二度と会うことはなかった。相変わらず、彼女のことはいっこうに話題にのぼらず、晶の口からやっとあの白い服の女の話を聞くことができたのは、再び苑田に用ができて不在のとき、一月近くもたった後のことだった。

「兄が再婚していたと知ったときはさぞ驚いたでしょうね」

彼女は細い指で紅茶カップの縁をなぞりながら、上目遣いで私を見た。紺色のジョーゼットのワンピースを着ていた。長袖だったが、額には汗ひとつかいていなかった。

私が黙っていると、晶は薄く笑って、

「隠さなくてもいいのよ。兄が良江さんを紹介したとき、あなた、卒倒しそうな顔をしてたわ」

と言った。

「どうせ兄は亡くなった雪子の話しかしなかったんでしょう? 誰だって愛妻を亡くした哀れなやもめだと思うわよねえ」

紅茶カップの縁をぐるぐるなぞっている彼女の爪は貝殻のような桜色をしていた。

「水曜日にあなたを招いたということから、兄が良江さんのことはおくびにも出してないなと判ったので、わたしもあえて彼女のことは言わなかったのよ。騙すつもりじゃなかったのだけれど。わたしたちのこの上なく愉しい時間にちょっぴりでもあの女の影を落としたくなかったの。あれは我家の疫病神《やくびょうがみ》よ!」

晶の吐き捨てるような鋭い語気に驚いて、くるくる廻る薔薇色の爪から私は思わず目をあげた。

「兄は血迷ってあの女と結婚してしまったの。血迷ったとしか言いようがないわ。あんな女と再婚するなんて。あの女がここに居着いてもう一年半になるかしら。兄が胃潰瘍で入院した病院の看護婦をしていたのよ。あの頃、兄は雪子を喪ったショックからまだ立ち直っていなかったし、おまけに内心はとても臆病で猜疑心の強い人だから、単なる潰瘍を癌だと早とちりしてしまったの。慣れない病院生活と、癌ではないかという恐怖から、兄は一時的に錯乱状態にあったんじゃないかしら。

そうでなければ、あんなつまらない女に引っ掛かるはずがないわ。孤独と妄想に苦しめられていた兄の目には、甲斐がいしく面倒を見てくれる彼女が白衣の天使のように見えてしまったのよ。純白の制服の威力ね。白が好きだった雪子のイメージが、白い制服に重なってしまったのかもしれないわ。錯乱した兄の目にはあの女の本当の姿など見えるはずがなかったのよ。

元気になって退院してきた兄は二度めの妻としてあの女を従えていたわ。でも、非人間的な病院の生活から解放されて――ホント、病院って病気になるために行くところよ――この家で自由に寝起きし、美味《おい》しいものを食べて、錯乱した頭が正常に戻るにつれて、兄は目がさめたの。一週間とかからなかったはずだわ。自分がどんなに退屈で平凡な女と結婚してしまったか知るのにね。白衣を脱いだ彼女など、もう何の魅力もありはしなかった。あの女の正体を知ったところで、すぐにでも家から叩き出したかったんでしょうけれど、あいにく、あのいまいましい婚姻届けという奴を役所に提出してしまった後だったのよ。

この一年半というもの、兄とあの女は薄っぺらな馬鹿げた紙きれ一枚でかろうじてつながっているだけの仲なの。兄は再婚したことを何度も後悔したでしょう。でも、今ほど後悔したことはないいんじゃないかしら……」

そう言って晶はメスのような鋭いまなざしで私をじっと見た。

「兄が何故良江さんのことをあなたに黙っていたか、わたしにはよく判るわ。痛いほどにね。あなたはいわば眠りの森の城を訪れた王子なのよ」

晶の言葉に、私は最初この館を見たとき、野いばらに護られたお伽噺の城のようだと思ったことを思い出した。

「わたしも兄も、いいえ、わたしたちだけじゃないわ、寿世も壬生も、みんな、この屋敷の者は、雪子という眠り姫を護って浮世から隔絶して死んだような生活をしていたの。そこへあなたが迷い込んできた。あなたはわたしたちにかけられていた魔法をといたわ。雪子の思い出にしか生きられなかったわたしたちに現実の息吹というものを持ち込んだのよ」

私がこの屋敷にかけられていた魔法をといた？　いかにも晶好みの言い方が私を面食らわせた。この屋敷に迷い込んで魔法にかけられたのは私の方ではなかったのか。魔に取り憑かれたように、この館の魅力から逃れられなくなってしまったのは私の方だというのに。

「兄はやっと雪子に代わるべき人を見つけたのよ。あなたは雪子には全く似ていない。姿も声も性格も何もかも。でも、そのことが兄を雪子の思い出の泥沼から救い出すことになるかもしれないわ」

晶の言っていることは私にはよく理解できなかった。苑田が愛してやまなかった雪子に似ていないことが、どうして苑田を救うことになるのか。

「ところが、皮肉なことに、兄は雪子に代わるべき人をやっと見つけたというのに、自由がきかないのよ。あの女がいるから。あなたに較べれば、あの良江などは我家に間違って侵入してきた蠅みたいなものよ。あの女がくだらない法律なんかに護られて兄の妻面《づら》をしているのには、わたしはもう我慢がならないのよ。あの目障りな蠅を追い出す手だてを色々考えてはみたけれど、あの女もしぶとくてね、決して自分から出ていこうとはしないのよ。そりゃ、今までの生活に較べればここでの生活は天国と地獄くらいの違いがあるんですもの。なまじのことでは今の地位を捨てるはずがないのは判っている。でも、このままでは兄が可哀そう」

晶の声が湿り気を帯びた。

「あの女と居ても兄はけっして幸福にはなれないわ。現実から逃れるために死んだ者の思い出に埋没し、どんどん不幸になっていくばかり。わたしはこれでも兄を愛しているのよ。いつまでも不幸なままにしておきたくないの。あなたに初めて会ったときから、あなたなら、雪子に代わって兄を幸福にできるかもしれないと思ったわ。でも、兄があの女から解放される手だてはないのよ。たったひとつを除いてはね」

彼女はそう言って、ぞっとするような笑いを顔に浮かべた。

「あの女が死ぬことよ。事故か病気でね。わたし、なんだか、そう遠くない将来にあの女がそうなるような気がするの……」

そして、晶の不吉な予言は的中したのだ。

それから、数カ月後、苑田良江は死んだ。

事故でも病気でもなく。

自殺だった。

8

十月の半ばをすぎた水曜日のことだった。

いつものようにお茶会に招ばれてやって来た私は、何気なく見上げた薔薇の垣根越しに、苑田良江が二階の窓から飛び下りるのを見てしまったのだ。

良江は精神を病んでいた。

はじめて彼女を見たとき、全く似合わない白い服に、少女めいた髪形をした彼女に何か目をそむけたくなるようなアンバランスなものを感じたが、あのときから良江の神経は少しずつ狂いはじめていたのかもしれない。

自殺であることは間違いなかった。

彼女が飛び下りた部屋、封印された雪子の部屋は、私たちが駆け付けたとき、中から施錠されたままだったからだ。扉に付いた内鍵はかなり頑丈なスライド式のもので、中から操作する以外、あれを動かすことはまず不可能だと言ってよかった。

しかも、あの部屋の扉を破って最初に中に入ったのは、家の者ではなく、通報で駆け付けた警察官だった。

また、彼女の私室から死の直前までつけていたらしい日記帳が発見された。自殺をほのめかす記述は何もなかったが、その日記帳には、彼女がこの薔薇屋敷にやって来て以来どれほど精神的な虐待を受けたかが、こと細かく記されていたそうだ。私はその日記帳を見ることはできなかったが、苑田と晶は警察の人から返されたとき目を通したらしい。

二人は自殺した良江の日記が殆ど妄想によって成り立っていると酷く憤慨した。良江は極度の被害妄想に陥っており、ありもしない虐待を受けたかのように日記に書き記したのだと、警察に訴えた。

「こんなありもしない嘘八百をめんめんと文章にしていたということが、妻の精神が正常でなかったことの証拠になるのではありませんか？　彼女がまともではないと感じたことは確かにありました。あのとき、医者にでも見せるべきだったのかもしれない。しかし、異常が際立っていたわけではなかったし、どこかおかしいなという程度にすぎなかったので、ついそのままにしておいたのです。まさかここまで狂っていたとは……」

良江の狂気は表面は穏やかに、しかし内面を殆ど破壊し尽くす程の激しさで進行していたのだと、苑田は主張してやまなかった。とりわけ、良江の異常性を証明しているのは、日記の中にしばしば出てくる、「屋敷に住む誰かから、いつも手紙で脅迫されている」という記述だと、彼は指摘した。

「だが、こんなことはありえないんですよ。この日記を読むと、いつも寿世がもってくる自分宛の郵便物のなかに時々薔薇色の封書が交じっていて、そこには彼女の神経をまいらせるような威《おど》しの文句が書かれており、封書に切手がないことから、その封書の差出人はこの屋敷の者だと、良江は書いていますが、もしそんな不自然な封書があったら寿世が気がつくはずです」

屋敷の主人の言葉を受けて、老家政婦はニコニコしながら愛想よく応えた。

「良江様宛にそんな封書が届いていたことなど、わたしの覚えている限り、一度もございませんでした。良江様はそんな封書など、ただの一度も受け取ってなかったんでございますよ。みんな、あの方の妄想でございますよ」

　苑田良江の精神に異常を認めていたのは、薔薇屋敷の人々だけではなかった。良江が週に一度通っていたカルチャーセンターの講師や他の会員たちも、良江の様子がどことなくおかしかったと口を揃えて証言したそうだ。服装もどこかアンバランスだったし、いつも窓際に独りでぽつんと席をとり、ぶつぶつ独り言を言ったり、頭が痛いとしきりに訴えていたという。死の数カ月前から講習もさぼりがちで、早退も目立っていたと若い男の講師は証言した。

　こうした事実の積み重ねから警察では、やがて苑田良江の死を精神錯乱による発作的な自殺と断定した。すぐに良江の葬儀が執り行われたが、酷く冷たい雨の降る日で、列席者の数も極端に少なく、苑田良江という女のさびしい境遇が偲《しの》ばれるような葬儀だった。

　東北の片田舎から上京してきて、ずっと独り暮らしを続けながら、看護婦をしていた彼女には、心を打ち明ける友人も、家族もいなかったのだ。故郷にいるはずの親戚たちは葬儀の知らせを受けたはずなのに姿も見せなかった。

　良江の部屋は片付けられ、彼女の持物は処分された。意外だったことには、彼女の遺品を、自分から言い出して引き取ったのは、お手伝いの木崎有美だった。

有美は雪子が亡くなってから苑田家に雇われたお手伝いだった。寿世のリュウマチが年々ひどくなって思うように働けなくなったことから、若い子を雇ったのだそうだ。この薔薇屋敷のなかで、彼女だけが雪子の強烈な影響を免れている唯一の住人だった。そのせいか、あるいはやはり田舎育ちで都会の生活に慣れない者同士のせいか、良江はこの有美を実の妹のように可愛がり、有美も良江にだけは心を開いてなついていたのだという。

苑田良江の突然の自殺は私に後味の悪い思いを残した。良江の狂気に拍車がかけられたのは、あの七月の水曜日、はじめて私という存在を彼女が知ったときからではなかったのか。だとすれば、彼女を死に追いやった原因はこの私にもあることになる。あのときの彼女の歪んだ笑顔を忘れることができなかった。

しかし、後味の悪い思いと同時に、彼女の死によって、かすかな希望の光をもたらされたことを告白しなければなるまい。

良江の死で、苑田は解放された。もはや週に一度のお茶会などという体裁は必要がなくなった。密かに望んでいたように、週に何度も私は薔薇屋敷に招かれるようになり、かれらと時には夕食も共にするようになった。

そして、屋敷の住人の祝福のなかで、私は苑田に求婚された。晶は自分のことのように嬉しそうだった。あの壬生でさえ、はじめて暖かい笑顔を見せてくれた。私は父の残してくれた家を処分した。たいした額ではなかったが、全財産と身の回りの品だけをトランクに詰めて、電車に飛び乗ったのだ。

苑田の希望で結婚式も披露宴もいっさいなかった。それは私自身の希望でもあった。三度妻を替えた男は一度も式を挙げなかった。

私は秋の日差しのなかで心ゆくまで薔薇園を眺めた。いつも後ろ髪を引かれるように立ち去らなければならなかったこの屋敷がとうとう私のものになったのだ。

父が愛したピースがみごとにほころんでいる。芯に行くほどに黄色みの増すクリーム色のはなびらの重なり。うす紅の縁どり。妖艶さがあふれんばかりだ。

トランクを足もとに置き、薔薇の香りを胸いっぱいに吸い込んだ。

そのとき、幸福な気分とは裏腹な奇妙な疑惑が頭に閃いた。

どうして、あのとき、苑田良江は窓から落ちる直前後ろを振り向いたのだろう。まるで誰かが部屋に入ってきたとでもいうように……。

9

しかし、そんな疑惑は長くは私の頭を占領しなかった。

そんなことを考え続けるには幸福すぎた。秋の風にからみつくように香る薔薇の匂いを思う存分胸に吸い込むと、トランクを持ち上げ、館の東側にある玄関に廻った。石段を数段昇って、扉の前まで来ると、はたと迷った。

今日から苑田花梨なのだ。この屋敷の女主人なのだ。黙って扉を開けて入るべきなのか、それとも今までそうしてきたように、扉の脇にある呼び鈴を押すべきなのか。

玄関の両脇には、庚申薔薇が、ひとつふたつ薄紅の一重の花を咲かせていた。

やはり呼び鈴を押すことにした。

古風な間延びのしたチャイムの音が屋敷内に鳴り響くのを聞いていた。かなり間があって、紫色の和服の袖が扉を開き、寿世が愛想のいい顔を突き出した。

「まあ。そのまま入ってくだされぱいいのに」

「今までの習慣が抜けなくて……」

私はベレーを脱いで頭を掻いた。

「お部屋の用意をしていたところなんですよ。あの良江さまのお部屋ですけれど……」

寿世はちょっと申し訳なさそうに言った。しかたのないことだ。屋敷の空き部屋は客室以外は死んだ良江の部屋しかないことは私も承知していた。雪子の部屋は今も封印されたままだ。

「さっき、雪子さんの部屋に居たのは、あれは寿世さん？」

来る途中、垣根越しに見上げたあの白い出窓の薄紗のカーテンがかすかに揺れたような気がしたことを、ふと思い出して階段を昇りながら訊いてみた。

「はあ？」

家政婦は要領を得ないという表情で顔を振り向けた。

「外から見たら、あそこのカーテンが動いたように見えたものだから。誰か居るのかしらと思って」

「わたくしではございませんよ。わたくしはずっと奥様のお部屋に居たのですから」

奥様というのが自分のことだと気がつくまでに階段を三段昇った。

「旦那様ではございませんか？　あの部屋の鍵を持っているのは他には旦那様だけですから」

「ああ、そう」

ちょっと厭な気がした。苑田はまだ時々雪子の部屋に入って思い出に浸っているのだろうか……。

「わたしの気のせいだったのかもしれないわ。誰かが居るのを見たわけじゃないんだから。カーテンもはっきり動くのを見たわけでもないし。そんな気がしただけだから」

寿世にというよりも、自分に言い聞かせるつもりでそう言った。

「きっとそうでございますよ。あのお部屋には旦那様も最近はめったにお入りにはならないようでございますから」

寿世の言葉は事実をそのまま言ったものなのか、それとも、私に気兼ねして慰めるつもりで言ったものなのか、判断がつかなかった。

やはり、あれは私の目の錯覚だったのだ。そう思うことにした。それに考えてみれば、あの部屋にもし誰かいたのだとしたら、カーテンに人影が映ったはずではないか。馬鹿な私。どうかしている。あの部屋には誰もいなかったのだ。

良江の部屋、今日からは私のものになる部屋はちょうど東に面した玄関の真上にあった。

八畳ほどの洋間は前の主の面影など奇麗さっぱりなく、洗い立てたように片付いていた。箪笥も鏡台もテーブルも苑田良江の触った跡はひとつ残らず丹念に磨き取ったとでもいうように、これみよがしに黒光りしている。

「念をいれてお掃除しておきましたから」

寿世も、金歯を見せて笑いながら、言外に前の奥様の手垢は奇麗にこすり取っておきましたよとでもいうような意味あいをこめて、そう言った。

「奇麗。これ、ピースね」

テーブルの上の硝子の花瓶に飾られた、蕾のほころびかけた、切り花としては最高の頃合のクリーム色の薔薇を見て、私は声をあげた。

「ええ。さっき、壬生さんが。奥様はピースがお好きだからと……」

父の好きだった薔薇のことを、たった一度だけ何かの拍子に壬生昭男に話したことがあった。そのときの壬生の反応は無表情に近かったのだが、彼はそれをちゃんと覚えていてくれたのだ。晶の言うとおり、あの風変わりな園丁には、外見に似合わない神経の細やかなところがあるようだ。

まだ朝露を芯に溜め込んでいるような、そんなみずみずしい薔薇を眺めながら、私は壬生の無言の好意を感じた。

「あら。ベッドがないわ」

前に一度この部屋を見たときよりも（良江が自殺した日、警察の手でこの部屋の捜査が行われたとき、私も居合わせたのだった）、なんとなく部屋が広くなったような感じが入ったときからしていたのだが、それが前にはあったシングルのベッドがなくなっているせいだとやっと気づいた。

「まあ、奥様。寝室はあちらでございますよ……」

寿世は口許に赤ん坊のようなまるまっちい手を添えて、奇妙な含み笑いをした。その笑いの意味を了解するまでに数秒かかった。私の初々しい無邪気な質問がこのしたたかそうな年寄りをさぞ喜ばせただろうと思うと、少し腹が立った。

それにしても良江の部屋だった頃はシングルのベッドがここにあったという事実が彼女の置かれた境遇を改めて私に思い起こさせた。

「花梨さん？　あなたなの？」

開いたドア越しに、階下から晶の声がした。車椅子のキーキーと軋《きし》る音。部屋から飛び出て、階段の手すりから下を覗き込むと、ちょうど車椅子に乗った彼女が真下から私をもどかしげな表情で見上げていた。

車椅子から離れることのできない晶は二階にあがってくることができないのだ。松葉杖を頼りに時間さえかければ不可能ではないにしても、そんなことをすれば丸一日寝込むほど体力を消耗してしまうので、彼女は両足が不自由になってから一度も屋敷の二階にはあがったことがないと言っていた。

「兄ときたら体の不自由な妹のためにエレベーターを作るという考えすら浮かばないらしいの。ホントに妹思いの兄だわ」

いつだったかそう苦笑しながら言ったことがあった。

階段を駆け降りて行くと、彼女はからだを引くような恰好をしてじっと私の全身を観察していたが、晴れやかな声で笑った。

「セーターにジーンズの花嫁。とても素敵だわ！」

もう少しましな恰好をしてくればよかったかしらと、階段の途中でもじもじしていると、彼女は義妹というより、姉のような顔つきをして、

「あなた、どっかの藪のなかからでも這い出てきたような頭をしているわよ」

と愉快そうに言った。

「え？」

「髪がボサボサ」

慌てて手櫛でショートヘアをとかしていると、彼女はいよいよ面白そうに笑った。

「いいのよ。あなた、とても奇麗よ。ピカピカの花嫁人形みたい」

晶は車椅子を操って私のそばに近付いてきた。

「でも、花梨さん。ほんとうはウエディングドレスを着たかったんじゃないの？　今からだって遅くはないわ。わたしが兄を説得してあげる。自分は三度めだからって、花嫁の方は初めてなんですもの。式をちゃんと挙げないなんて兄の我儘よ」

「いいんです。わたしから言い出したことでもあるし。本当にウエディングドレスになんか興味ないの。あんなものを着るのは煩わしいだけですもの」

これは本心だった。私はあのジャラジャラした白い衣装に憧れたことなどただの一度もなかったのだ。

「あなたも変わってるわね」

「それに、式なんか挙げても、わたしには家族もいないし、親戚との付き合いもしてこなかったから、来てくれる人なんていないんですから」

「ああ、そういえばそうだったわね。あなたも雪子や良江さんと同じなのね……」

晶は口許を引き締めてまじめな顔をした。切れ長の聡明そうな目に哀れみともつかぬ色が浮かんでいた。

「不思議ね。兄が心を惹かれる女性はみんな身寄りのない孤独な人ばかり。兄はそういう女を見付け出す特殊な能力にでも恵まれているのかしら……」

このとき晶はなにげない口調で呟くように言ったのだが、なぜかこの言葉が鋭い棘のように、私の心の一番やわらかい部分に突き刺さったような気がした。

10

薔薇の香りに誘われて目が覚めた。

月曜日の朝だった。この屋敷に来て、もう六日めになる。人の匂いとぬくもりの残るベッドで薔薇の香りにつつまれて夢とうつつの間を彷徨《さまよ》う、この朝の一刻は一日のなかでもとりわけ甘美な時間だった。

家事は家政婦に全面的にまかされているので、私は思いきり朝寝ぼうができた。晶も朝は遅い方だから、こうしてベッドのなかでいつまでもぐずぐずしていても誰に気兼ねすることもなかった。

昨夜、闇の中で触れた良人の左腕の傷のことをボンヤリと考えていた。夏でも長袖しか着ない人なので、今まで気がつかなかったが、どうしてあんな所に傷があるのだろう。怪我の痕というより刃物で付けた傷みたいな感触だったが……。

ふと、自殺未遂という言葉が頭に浮かんだ。まさか……。原因は雪子？

私はだんだん覚めてくる意識のなかで、今日こそ寿世に頼んで雪子の部屋を見せて貰おうと思った。苑田が在宅しているときはなかなか切り出しにくかった。が、今日は大学のある日だ。良人は既に外出している。チャンスだった。

雪子という女のすべてを知り尽くしたかった。そうしなければ、何か安心できないものがある。雪子のイメージから早く卒業しなければならない。そうしなければ今の幸福を完全に自分のものにしたとはいえないのだ。

私は寝返りをうって枕元に飾られた白薔薇《ユキコ》を見た。よりにもよってこんな所に……。なんだか先妻の霊に見下ろされているようで落ちつかなかった。

雪子の部屋が見たいと言うと、寿世はあまり良い顔をしなかった。しかし、重ねて頼み込むと、やっと重い腰をあげ、エプロンのポケットから部屋の鍵を取り出すと、リュウマチで痛む足を殊更引きずるようにして、私を封印された部屋まで誘った。

雪子の部屋はいつも鍵がかけられて、開かずの間になっていた。封印された扉を開ける鍵を持っているのは掃除をまかされている寿世と苑田だけだった。他の部屋の掃除は有美の役目だったが、雪子の部屋だけは有美は一歩も入ることを許されず、寿世が管理していたのだ。

一年前、良江が中から錠を下ろしたまま、この部屋の窓から飛び下りたとき、警官が中を調べるために壊したドアは真新しいものに付け替えられていた。

老家政婦は苛立つほどゆっくりとした手つきで、開かずの間の封印を解いた。

二重のカーテンに遮られて、部屋はひんやりとして薄暗かった。使われていない部屋独特のあの黴臭い匂いに混じって、かすかに薔薇の香りが漂っている。

ユキコの香りだ。

寿世は窓際まで足を引きずって行くと、さあっとカーテンを開けた。眩《まばゆ》い十月の午後の光が部屋中にあふれて、死んだように闇に潜んでいた家具たちが光のなかで生き生きと甦った。

豪奢な薔薇の刺繍を施した絹の掛布団は剥がれて、ベッドの白いシーツの上には誰かが今そこで眠って起きたばかりだとでもいうようなささやかな窪みができている。

ベッドの足元には可愛らしい華奢なスリッパがきちんと揃えて脱いであった。白いスリッパの片方にはべったりと褐色の染みがついている。

このスリッパの主が片方だけを履いたまま、窓の下の石畳に叩きつけられたことを、その褐色の染みは無言で物語っていた。

真紅の天鵞絨を張った椅子には、色褪せた青い衣装に同色のボンネットを付けたビスク・ドールが、帽子の下から褐色の巻き毛を垂らして座っていた。眼窩の窪みの深い、やや面長な大人びた顔。ジュモウに違いない。人形というには、あまりにも魂のこもった表情で、サファイアを嵌め込んだような瞳《め》を宙に据えている。

丸い鏡の付いたさっぱりとした装飾の鏡台には、絹糸のような長い髪の毛が数本からみついたままのヘアブラシが転がっていた。つい今しがたまで部屋の主がそこで髪を梳《す》いていたとでもいうように。

眩い光に、髪の毛は透き通るようなきらめきを見せて僅かにそよいでいる。

また、鏡台の上には、香水壜が幾つも並べられていた。色硝子、陶器、鼈甲《べっこう》、翡翠《ひすい》、瑪瑙《めのう》。直線形、渦巻き模様、さまざまな意匠を凝らした空の香水壜の馥郁《ふくいく》たる輝き。

「全部、空だわ……」

蝶の形をあしらった青硝子の香水壜を手にとって、呟くと、傍らで寿世がしゃがれ声で囁いた。

「雪子さまにはおかしな癖がございましてね……。香水を買って貰うと、使いもしないですぐに中身をお庭に穴を掘って捨ててしまうのでございますよ。それを『香りのお墓』などと名付けて……」

家政婦は何がおかしいのか、独りでくすくす笑った。

「香水の壜だけがお好きだったんでございますよ。もうそりゃ、庭の土に香水の匂いが染み込んで……」

歌うような口調で家政婦は喋りながら、丸いテーブルに置いてあった、ポプリの硝子壜の蓋を取った。乾燥させた薔薇の花びらがさらに濃く香りを放った。

「あの方がお好きだったのは、この香りだけ……」

寿世の目にうっとりしたような霞がかかり、それはちょうど雪子の姿を思い出すときの苑田や晶の目と同じ色になった。

「まあ、これをご覧になってくださいまし……」

家政婦は急に生き生きとした表情になると、丈高い衣装戸棚をあけた。なかには女優の衣装部屋を思わせるような沢山のドレスが吊るされていた。戸棚のなかにもかすかな薔薇の香りがした。

寿世は暗褐色の毛皮の袖を手に取って見せた。染みと血管の浮き出た手が獰猛なエレガンスを秘めた動物の皮を撫でさする。

「奇麗でございましょう？」

それから、薄絹や繻子、天鵞絨の服をいちいち取り出しては私の前にかざして言った。

「これなど、あの方がお召しになると、そりゃもう愛くるしくて、まるで西洋人形のようでございましたわ」

彼女は、上質の光沢を見せている紺の天鵞絨地に純白の大きな襟と薄紗《レース》の袖飾りを付けたドレスを取り出すと、押し付けるように、私の肩にあて、少し身を引いてじっと目をこらしていたが、溜息をついて、

「ああ、奥様には少し肩幅が狭いようでございますね……」

と残念そうに呟いた。

「これなどどうでしょう……」

寿世は商売熱心なブティックの店員のように素早く別の衣装を引き出すと、私の胸に押しあてた。淡いピンクの絹のドレスだった。

「これも駄目でございますね……。奥様の梨色の肌にはこの色はまったく映えませんわねえ。あの方の透き通るような白い肌には、それは見事に映えた色でしたのに……」

悪意があって言っているわけではないらしい言葉のひとつひとつが私の心をチクリチクリと傷つけた。

「雪子さまは何をお召しになってもそれは似合う方でした。旦那様はそれが愉しみで、あの方に色々な恰好をさせてはよく写真をお撮りになりました……」

「写真？　彼女の写真があるの？　見てみたいわ」

「はあ。それが旦那様が全部燃やしてしまわれまして……」

寿世は眉を顰め、口を歪ませた。

「燃やしてしまった？」

「はあ。あの方が亡くなった直後でございますよ。こんなものを残しておいても辛くなるだけだと半ば発作的に。庭の焼却炉に全部投げ込んで火をつけてしまわれたんです。気持ちがおさまってから、ずいぶん後悔されたようですが……。あたりまえでございます。いくら発作的とはいえあんなことをなさるなんて。あとで慌てて焼却炉の灰をかき集めたりなさって。でも、もう遅うございました」

家政婦の声にはかすかな怒りがこめられていた。

「それじゃ、雪子さんの写真は一枚もないの？」

「はい。一枚も。段ボール箱一杯ほどもございましたのに。どれもそれは良く撮れていて。日ごとにうつくしくなられる様がおさめられておりましたのに……。今はただの一枚も……」

彼女は主人の過失を今も許していない口ぶりで、未練がましい溜息をついた。

「でも、あの方のお姿はわたくしの瞼に今もはっきりと焼き付いております。忘れようったって一生忘れられるものじゃございません。そうそう。この支那服を着て、お写真を撮ったときのことを昨日のことのように覚えておりますよ……」

そう言って、またもや純白の絹地のハイカラーの襟元に薔薇の刺繡を施したチャイナ風ドレスを取り出すと、私の前に広げた。体にぴったりとするように作られたらしい純白のドレスは亡き人のからだつきを雄弁に語っていた。

華奢な肩幅。信じられないほど細い腰まわり。高すぎず低すぎないほどの良い背丈。

「長い髪をこうお結いになって、扇を使いながら、この椅子にこう身をくねらせてポーズをおとりになって……」

寿世は痛む足のことなど忘れ果てたように、年齢に似合わない活発さで傍らの猫足の椅子を引っ張り出すと、自ら座り、記憶のなかの幼い女主人の真似をして見せた。思い出に酔って、頰を上気させている老家政婦はどこかグロテスクなところがあった。

「それから、それから、ゲホッゲホッ。そうですわ。この靴をお履きになって……」

彼女は興奮のあまり激しく咳き込みながら、物音に驚いた猫のように椅子から飛び上がると、靴箱のところにすっ飛んで行って、なかから優美な形の小さな刺繡靴を恭《うやうや》しい手つきで取り出した。

それは足の指でも切り落とさない限り、私には到底履くことのできない華奢な靴だった。あのガラスの靴を目の前にして、絶望に沈んだサンドリヨンの意地悪な姉たちの気持ちがなんだか判るような気がした。

「わたしには履けそうもないわね」

苦笑すると、家政婦は心外だと言うふうに声を高めた。

「どなたにだって履けやしませんよ！　あの方の靴は」

そして、また激しく咳き込んだ。この部屋はこの老練そうな家政婦をひどく興奮させるらしい。

「靴だけじゃございません。お洋服だって、なんだって。こんなに沢山あったって、デザインも色もサイズも全部あの方にしか合わないように作ってあるのですから。そう言えば、いつだったか、良江さまがどうしてもここにある白いドレスと同じものが欲しいとおっしゃって、どこからかお求めになってきたのでございますが」

寿世の柔和そうに見える顔が冷笑で引き攣《つ》った。

「雪子さまにはあんなに似合ったものが、あの人にはまるで……。猿が人間の真似をしているみたいでしたわ。滑稽で」

家政婦の言い方は痛烈で、私は自分のことを言われたように顔が熱くなった。あの七月の水曜日、はじめて苑田良江に会ったとき、彼女が目をそむけたくなるほど似合わない白いワンピースを着ていたことを思い出した。あのときから、彼女は自分を見失いはじめていたのだろうか……。

そのとき、私の頭に奇妙な疑問が閃いた。

「良江さんはどうやってこの部屋に入ったの？」

「ですから、わたくしが今こうして奥様に頼まれたように、あの人にも……」

寿世は質問の意味が判っていないらしく、曖昧な顔で応えた。

「そうじゃなくて。良江さんがここの窓から飛び下りた日のことよ。あのときも寿世さんが鍵をあけてあげたの？」

今までどうしてこの疑問が頭に浮かばなかったのだろう。この部屋の鍵は苑田と寿世しか持っていなかったのだ。あの日、良江はどうやってこの部屋に入ったのだろうか。

「ああ。あれでございますか」

家政婦の顔が冷淡な取り澄ましたものになって、

「あの人、いつのまにか、旦那様の鍵を盗み出して合鍵を作ってらしたんでございますよ。よほどこのお部屋のことが気になったんでしょうねえ。あの人の残した日記帳にそう書いてあったそうでございますよ。わたくしは読んではおりませんが」

と、軽蔑の色を目にありありと浮かべて言った。

「なにもわざわざあてつけるようにこのお部屋の窓から飛び下りなくたって。そんなに死にたかったら、自分の部屋の窓からでも飛び下りたらよかったんですよ。お陰で、警察の人に荒らされてしまって。扉も付け替えなければならなくなったし。後で、このお部屋の様子を元のままにするのに苦労させられましたよ。刑事たちが汚い手であちこち触りましたからね」

雪子のことを陶然とした口調で語った家政婦は別人のような辛辣さで二番めの女主人を罵った。

部屋を出るとき、ふと誰かに見詰められているような気がして振り返った。

一瞬、あの彗星が凍りついたような瞳をしたジュモウ・ドールが首を巡らせて私の方を見ていたような気がした。しかし、無論、気のせいだった。人形は椅子に座ったまま窓の方を見ていた。さっきと変わらぬ姿勢で。

11

「寿世にも困ったものね。あれは雪子のことになると気がふれたようになるのよ」

車椅子から細い体をのけぞらせて晶は面白そうに笑った。彼女の部屋は一階の南向きの明るい部屋で、壁面にずらりと備え付けられた書棚からあふれた本がそこらじゅうに乱雑に積み重ねられており、窓からの光線が埃の乱舞を照らし出していた。

大人向けの本に交じって、童話や神話の類いがかなりあった。

「わたしも兄もあの子のことはなるべく忘れようとしているのよ。寿世にもそう言ってあるのに。あの部屋に入ると、我を忘れてしまうのね」

「わたしがいけないんです。雪子さんの部屋を見せて欲しいと無理にお願いしたのだから」

「悪いことは言わないわ。あなたもあまり雪子のことに関心を持たない方がいいわ。あの部屋へももう入らない方がよくってよ。あそこは魔法の部屋ですもの。あの部屋に入ったものはみんな気がおかしくなってしまう……」

晶はまるで彼女自身もあの部屋に入ったことがあるような口ぶりで言った。

「でも、晶さんはあそこには一度も……」

「あら。わたしはないわよ。足がこうなってから、二階には行ったことがないって前にも言ったでしょ」

彼女は手にしていた黒い表紙の本に紅い栞《しおり》をはさむと、乱暴な手つきでパタンと音をたてて閉じた。

「雪子さんて、とても奇麗な人だったんでしょうね。あの衣装を見れば、どんなに奇麗な人だったか想像がつきます」

「奇麗？」

晶は眉を吊り上げた。

「奇麗というありふれた言葉はあの子にはあてはまらないわ。あれは奇麗とか美人とかいう領域をとっくに超えた存在だったわ」

私のボキャブラリーの貧困さが、この夥しい書物に囲まれて暮らしている足の不自由な女性の神経を苛立たせたようだ。

「あの、ごめんなさい。わたし、彼女のこと、何も知らないものだから。こんな言い方しかできなくて」

「いいのよ」

苛立ちを隠すように、晶は微笑した。

「知らない方がいいのよ」

晶は表情を曇らせて独り言のように呟いた。

「あれは天使だったのよ。わたしは今でもそう思っている。仮りの姿でほんの一時わたしたちの前に現れた天使だったって」

「そういえば、いつだったか、雪子さんが窓の外に天使を見たのはわたしのせいだと、晶さん、おっしゃったことがありましたよね。あれは……」

天使という言葉から、ふと思い出して口にしてみた。あれはどういう意味だったのだろう。

「あれは」と晶は言いかけたが、すぐに思い直したように、「いやあね。雪子のことは忘れるなんて言っておきながら、すぐにあの子の話になってしまう。もうよしましょう、こんな話は」

と、俯《うつむ》きかけた顔を勢いよく振り上げ、声の調子を変えた。

「あの部屋もいずれは片付けることになるでしょう……」

そう呟くように付け加えた。

「良江さんのことが聞きたいわ」

話題を変えるつもりで言うと、晶の顔にあからさまな嫌悪の表情が浮かんだ。

「あの女の話はしたくないわ。思い出すだけで気が滅入るから」

と、頭痛でもするように、こめかみのあたりを指で揉みながら言った。

「でも……」

「あなたが兄の前の奥さんたちのことを知りたがる気持ちはよく判るけれど、彼女のことはそんなに気にとめなくてもいいわ。兄の心からあの女のことは奇麗さっぱり消えてなくなっているはずだから。そもそもあの女がここへ来たことから間違っていたのよ。

彼女はここへ来るべきではなかった。ここは良江さんの住む世界ではなかったのよ。はじめから。

そうよ。彼女はここへ来るべきではなかった。自分の世界にとどまっていればよかったのに。それなのに来てしまった。あの日、あの女はそこに立っていたわ……」

晶はそのときのことを思いだすような目付きで、戸口のあたりを汚らわしそうに見た。私もついその視線の方向を見た。そこに白いワンピースを着た良江が立っているような気がして。

「あの女はなんとなくおずおずした感じでそこに立っていたわ。借りて来た猫みたいに。おとなしくて善良そうに見えた。でも、わたしは一目見たときから彼女が嫌いだった。兄の妻になった女だから嫌いだったわけじゃない。あの女の目が嫌いだったのよ。偽善者の目をしていたわ。そして、自分でそのことに全く気付いていないような、鈍感な目。ひどくへりくだっているように見えて、そのくせ横柄な目。人に奉仕することで何でも支配しようとしている貪欲な目。

今まで人に愛されたことのない女の目だったわ。愛に飢えた目よ、あれは。わたしは彼女の正体が一目で判った……」

晶はそこまで言いかけたが、はっとしたように口をつぐみ、

「やめましょう。雪子の話も良江の話も。死んでしまった者の話は」

と言って、話を打ち切った。

「とにかく、何度も言うように、あなたはここで主婦の役目などする必要はないのよ。好きなときに起きて好きなように暮らせばいいの。それが他の人にとっても一番いいことなんですから。家事は寿世の領域。掃除や買い物は有美に任せておきなさい。薔薇の世話は壬生の仕事。あなたはあなたの好きなことをすればいいの」

晶はそう言って、膝の上の本を取り上げると栞をはさんだ箇所を開いた。その動作はこれから読書を愉しむつもりだから、もう独りにして欲しいと無言で言っているように見えた。

私は椅子から立ち上がった。

「これから庭の薔薇の写生でもします」

「いいわね。できたら見せて」

彼女は微笑した。

義妹の部屋を出て、スケッチブックを取りに階段を昇りかけると、上から木崎有美が降りてきた。私と目が合わないように、殊更に目を伏せ、階段の手すりに体をすりつけるようにして、有美は降りてきた。

屋敷の中でこの十八になるお手伝いの少女だけがまだ私のことを歓迎していないようだ。良江になついていたという少女にしてみれば、彼女の後釜に座った女の存在はあまり歓迎すべきものではないのだろう。自分の殻に頑《かたく》なに閉じこもっているこの少女が私に心を許すようになるまでやはり時間がかかりそうだ。

部屋に戻ると、すぐにテーブルの上の花瓶にピースの新しい切り花が飾ってあるのに気がついた。晶の部屋に居る間に壬生がこっそり挿して行ってくれたらしい。花瓶のそばには三通の封書が重ねて置いてあった。

この屋敷に来る郵便物の管理は寿世の仕事だから、彼女が置いていったものだろう。なにげなく取り上げて裏を返すと、上の二通はダイレクトメールと友人からのものだった。

一番下になっていた三番めの封書はちょっと変わっていた。淡い薔薇色の高級そうな封筒に、子供のような金釘流の筆跡で「苑田花梨様」と宛名が黒のインクで書いてあるだけで、住所も書いてなければ、切手も貼ってない。裏を返しても差出人の名はなかった。

不吉な思いが胸をよぎり、私は真っ先にその封書の封を切った。

かすかに香水の香りのする便箋が出てきた。薔薇色の封筒と薔薇の匂いのする便箋。

記憶のなかで何か蠢《うごめ》くものがある……。

畳まれた便箋を開くと、薔薇の透かし模様が入っていた。そして、そこにはひどく下手な筆跡でこう書かれていた。

薔薇屋敷にようこそ、花梨さん。ここでの生活は気にいりまして？　でも、あなたはそのうちこの屋敷に来たことを後悔するようになるわよ。雪子にとってかわることができると考えた自分の愚かしさにいつか気がつくことでしょうね。誰も雪子の後釜に座ることはできないのよ。あなたもそのことを思い知るがいい。わたしがゆっくりと時間をかけてそれをあなたに教えてあげる。

あなたは雪子に捧げる二人めの供物。良江と同じ運命を辿るのよ。

苑田良江は自殺したんじゃない。わたしが殺したのよ。

12

心のなかに墨汁でも流し込まれたような気分になった。

厭な文章だった。かすかな薔薇の香りとともに、書き手の悪意のようなものが上品めかした文面からたちこめていた。歪んだ幼稚な手だったが、もちろん子供の書いたものではない。本当の筆跡を隠すために左手で書いたものに違いない。

封筒に切手もなく住所も書かれていないことから、これが外部から郵送されてきたものではないことは明らかだった。屋敷の誰かの手で玄関の郵便受けにそのまま投げ込まれたか、あるいは……。

もし、誰かがこれを郵便受けに直接投げ込んだのだとしたら、郵便物を取りに行った寿世が不審に思わなかったはずがない。こんな差出人の名もない封書を彼女が私宛の他の封書と一緒にテーブルの上に何食わぬ顔で置いて行くとは思えなかった。ただ、これを書いたのが寿世自身だとしたら……？

あの家政婦は雪子の信奉者だ。苑田や晶に気兼ねして表面は歓迎している風を装っていても、心の奥底では私を疎んじているのかもしれない。

それとも、これが寿世の仕業でないとしたら、誰かが、家政婦が私宛の郵便物をテーブルの上に置いて行ったあとで、こっそり部屋に入り、この手紙を郵便物のなかに紛れこませたことになる。

誰が？

有美かもしれない。二階にあがってくるとき、降りて来る彼女とすれちがった。彼女なら私の留守に部屋に入るチャンスがあったことになる。

それが何者であれ、この屋敷の誰かが私にこんな悪意を抱いているという、まぎれもない事実に打ちのめされた。こんな形で人に憎まれたことなどただの一度もなかったからだ。

私は薔薇色の封書をつかむと、すぐに部屋を出た。とにかく寿世に確かめてみなければならない。階段をかけ降りて行くと、ちょうど家政婦が足でも痛むのか、顔を顰《しか》め、片足をひきずるようにしてホールを横切ろうとしているところだった。

「寿世さん！」

階段の途中で思わず呼び止めると、寿世はちょっと吃驚《びっくり》したような顔で立ち止まり、顔をあげて私の方を見た。

「なんでございますか？」

「あなた、さっきわたしの部屋に手紙を置いて行ったでしょう？」

「はあ。奥様宛のが参っておりましたので」

「何通きてたの？」

「は？」

「わたし宛の手紙は何通きてたの？」

老いた家政婦の空とぼけたような顔に業を煮やして、つい声を荒くした。

「二通でございますが。それがなにか？」

「二通？　それは本当？」

「本当ってどういう意味でございますか。どうしてわたくしがそんなことで嘘なんか……。奥様宛の手紙は二通でございましたよ。それがどうかなさったんでございますか」

寿世はうさん臭そうにジロリと私の方を見た。彼女のヌラリとした鵺《ぬえ》のような表情からは本当のことを言っているのか嘘をついているのか全く見当がつかなかった。

「どうしたの？　何を騒いでいるの」

廊下の奥から晶の声がして、車椅子を操りながら彼女が現れた。

「どうかしたの？　顔色がふつうじゃないわよ」

晶は気遣うように私の方を見ながら訊いた。

「部屋に戻ったらテーブルの上にこんなものが置いてあったの」

あの手紙を手渡した。晶は唇を引き結び、気難しげな顔付きで薔薇模様の便箋に目を通していたが、読み終わると、

「馬鹿馬鹿しい！　誰がこんなものを」

と、腹だたしげに舌打ちした。

「一体なんでございますか」

寿世が晶の手元を覗き込むと、彼女は便箋を家政婦に手渡した。

「良江さんが自殺ではなくて殺されたですって。馬鹿をいうにもほどがあるわ。あれは自殺よ。疑いようのないことよ。あの日、花梨さんだってここに居合わせたから覚えているでしょう？　あの人が飛び下りた雪子の部屋には中から錠が下ろされていたのよ。誰があの人を殺すことができたというのよ」

晶は全く歯牙《しが》にもかけないという風に言った。

「なんてひどいことを。こんなでたらめを誰が……」

寿世も手紙を読んで憤慨した。

「わたくしが郵便ポストから郵便物を取り出したときには、こんなものはございませんでしたよ。あったらそのとき気がつきましたとも。だって、これは」

と、何か言いかけて思い直したように口をつぐんだ。が、すぐに口を開いて、

「これはきっとわたくしが部屋を出たあとで、誰かが置いて行ったのでございますよ」

と、確信ありげに言った。

「まあ、誰がこんなものを書いたか見当はつくけれどね。この家でこんなものを書きそ

うな人間といえば一人しかいないじゃないの。花梨さんに好意を抱いていない者といえば……」

晶がこともなげに言うと、寿世も思いあたったふうな表情になって、

「有美さんでございますね？　そういえば、わたくしが奥様の部屋から出てくるとき、あの子は二階におりましたよ。間違いありません。あの子の仕業ですよ。あれは良江さんになついていましたからね。きっと新しい奥様のことが面白くなくてこんなことを……」

「ちょっと有美をここへ呼んできて頂戴」

晶はきびしい顔付きで言った。

「さっき台所におりましたから」

寿世は痛む足のことも忘れた足取りでホールを出て行った。

「これはおそらく有美の悪戯よ。あなたは何も気にしなくていいのよ。ここに書いてあることは根も葉もないでたらめばかりなんだから」

晶は顔付きを和らげて微笑みながら私を見上げた。

すぐに、寿世に小突かれるようにして、有美がホールに入ってきた。台所で水仕事でもしていたらしく、手が痛々しいほどに真っ赤に膨れ上がっている。

「あのう、何か……?」

有美はおどおどした態度で晶の前に立った。相手の顔を見るのが怖いというふうに、首が折れるほどにうなだれ、上目遣いで車椅子の女性を見ていた。

「何かじゃないわよ。これを書いたのはあなたでしょう?」

晶は容赦のない声でそう言って、あの封書を少女の鼻先に突き付けた。

「なんのことですか?」

有美は無表情で鼻先の封書を見ていた。

「しらばっくれるんじゃないよ。これを書いたのがあんただってことくらい、すぐに判るのよ。思い出せないなら読んでごらん」

晶は薔薇色の手紙で有美の片頬を張った。少女は張られた頬を片手で押えながら、それでも顔色ひとつ変えずに、手紙を受け取った。鈍い目の色で便箋の内容を読んでいたが、はっとしたように顔をあげ、

「あたし、知りません。こんなもの、あたし、書いてません」

と、抗議した。

「嘘をついても無駄よ。あんた以外に誰がこんなものを書くって言うのよ?」

「でも、あたし、本当に……」

「もういいわ！　今回だけは大目に見てあげる。でもまたこんなことをしたら、この家から出て行って貰うわよ。いいわね？」

晶は有美の手から封書をひったくると、それをひらひらさせて、「もう行け」というふうに少女を追い払った。有美はすごすごホールを出て行った。

「ねえ、花梨さん。この手紙のことは兄には内緒にしておきましょうよ。よけいなことで兄をまた悩ませることもないわ。良江さんの自殺のことでは彼もかなり気に病んでいたのだから。やっと忘れかけているところを思い出させることもないでしょう。それに、有美がこんな悪戯をしたと知ったら、あの子を絶対首にしてしまうわ。あなたを傷つける人間を兄が許すはずがないんだから。今、有美に出ていかれては困るのよ。いまどき若いお手伝いなんてそうたやすく見付からないし、陰気で厭な子だけど、骨おしみせずよく働く子ではあるんだから」

そう言いながら、彼女は薔薇色の手紙をびりびりに引き裂いてしまった。

「これで一件落着。大丈夫よ。有美も二度とこんな馬鹿な真似はしないわ。あの子だって、そのうちあなたに好意をもつようになるわよ」

晶はからっとした声で笑うと車椅子を操ってホールを出て行った。

しかし、私の方は今ひとつスッキリと割り切れなかった。本当に有美の悪戯にすぎないのだろうか。何か胸の奥でモヤモヤしているものがあった。薔薇色の封書。前にもどこかで聞いたような……。

重苦しい気分で部屋に戻ってきたが、庭の薔薇を写生しようという気はすっかりうせていた。

窓辺に椅子を引き寄せてくると、それに腰掛け、開いた窓から庭の薔薇をボンヤリと眺めていた。薔薇の木の合間から壬生のカーキ色の作業服が見え隠れしていた。どのくらいそうしていたのだろう。

ドアが小さくノックされた。うしろめたそうな、おどおどした叩き方だった。

「どなた？」

訊くと、しばし、沈黙があり、

「有美です……」

と、ドアの向こうから蚊の鳴くような声がした。

「どうぞ」

ドアがスーッと音もなく開いて、有美が殆どふくらみのない胸にノートのようなものをしっかりと抱き締めながら入ってきた。目が腫れぼったく、今まで泣いていたのではないかと思わせる顔付きだった。

「なあに？」

私はなるべく優しい声をつくった。この少女にはどこか小動物のようなところがあって、ちょっとでも大声をあげたら、すぐに逃げて行ってしまいそうだ。

「あれ、あたしが書いたんじゃありません。本当です。信じてください！」

少女はきっと顔をあげ、少し訛りの交じる口調でそうハッキリと言った。

「あたしにあれが書けるわけがないんです。だって、あの薔薇色の封筒や便箋は雪子様のお部屋にあったものなのですから」

「雪子さんの？」

「そうです。あれは雪子様の使っていたものです。お嬢様も寿世さんも何もおっしゃらなかったけれど。雪子様の部屋はいつも鍵がかかっていて、あたしには入れません。あのお部屋に入ることができるのは、鍵を持っている旦那様と寿世さんだけです」

「でも、あなた、どうしてそれを？」

雪子の部屋に入ることのできない有美がどうしてあの薔薇色の封筒や便箋が雪子の部屋にあったものだと判ったのだろう。

「あの、亡くなった奥様の、いえ、あの、良江様の日記にあの薔薇色の手紙のことが書いてあったんです」

「良江さんの日記……？」

「これです。良江様が亡くなったあと、お嬢様が遺品を全部捨ててしまうなんておっしゃったもんだから、あたしが貰ったんです」

有美は胸に抱き締めていた大学ノートを差し出した。この少女が苑田良江の遺品を自分から申し出て貰い受けたことは覚えていた。そのなかに良江の日記が入っていたのだ。

私はその日記帳を受け取った。

「良江様も奥様が受け取られたのと同じ手紙を受け取っていらしたんです」

有美のその一言でずっと記憶のなかで蠢《うごめ》いていたものの正体がハッキリした。そうだ。いつだったか、苑田が良江の日記を読んで、警察の人の前で、そのなかに出て来る『薔薇色の手紙』のことに触れたことがあった。寿世がそんな手紙のことは知らないと証言したことから、薔薇色の手紙などというのは良江のでっちあげた妄想にすぎないと、そのときはそう判断されたのだが……。

あれは良江の狂った神経が生み出した妄想だったのだろうか？

この屋敷の誰かが本当に良江にあんな手紙を書いていたのだとしたら……。そして、その誰かは良江にしたことと同じことを今、私にもしようとしているのだとしたら……。

「それを読んでみてください。お嬢様や旦那様はそこに書かれていることはでたらめばかりだと決め付けていますが、あたしにはとてもそんなふうには思えないんです。良江様はそれはお優しい方でした。あたしにはとても親切にしてくれました。ここの家の人たちは、みんな、あの方が気がおかしくなっていたなんて言ってますが、あたしにはそうは思えません。おかしいのは、この家の人たちの方です」

少女はそこまで喋って、言い過ぎたことに気づいたようにはっと口をつぐんだ。が、

「あたし、怖いんです。もし、またあんな手紙が奥様のところに来たらと思うと……。お嬢様はあたしの仕業だと思い込んでいらっしゃるから、今度こそこの家から追い出されてしまいます。そんなことになったら、あたし、他に行くあてなんてないし……」

と、途方に暮れたようにうなだれて、鼻声になった。

「奥様。お願いです。もし、あんな手紙がまた来てもお嬢様にはおっしゃらないでください。あたし、追い出されてしまいます！」

有美は必死の目の色でそう訴えた。

目の前の少女がはたして真実を言っているのか私には判断がつかなかった。ただ、これ以上このおどおどした目の少女を追い詰めるようなことはできない。

「判ったわ。心配しないで。とにかく、この日記を暫く貸して頂戴」

そう言うと、有美の顔に僅かに安堵の表情が浮かび、大きく頷くと、頭を下げて部屋

から出て行った。

あの薔薇色の封筒や便箋が雪子の部屋にあったものだというのは本当だろうか。それが本当だとすると、有美の言う通り、彼女にはあんな手紙を書くことは不可能だったということになる。

そう言えば、さきほど、晶からあの封書を見せられたとき、寿世が何か言いかけて思い直したようにやめたことを思い出した。「わたくしが郵便ポストから郵便物を取り出したときには、こんなものはございませんでしたよ。あったらそのとき気がつきましたとも。だって、これは」とあの家政婦は言いかけてそこでやめたのだ。「だってこれは」の後に彼女は何と続ける気だったのだろう。

寿世はあれが雪子の部屋にあった封筒と便箋であることを知っていたのではないだろうか。それにしても、彼女は何故そのことをあの場で言わなかったのだろう?

あの封書の出所を家政婦に問いただしてみなければ。

そう考え、椅子から立ち上がりかけると、再びノックの音がした。

「どうぞ」というと、タイミング良く入ってきたのは寿世だった。

「今、有美さんがお部屋から出て行くのを見たのですが、あの娘がまた何かつまらないことでも申し上げたんじゃございませんか？」

寿世は口許はにこやかに笑いながら、目だけは穿鑿するように光らせていた。

「ちょうどよかったわ。寿世さんに伺いたいことがあるの」

「なんでございましょう？」

家政婦は微笑を口許に刻んだまま、小くびを鳩のように傾げた。

「さっきの手紙のことだけれど、あの薔薇色の封筒と便箋は雪子さんの部屋にあったものだというのは本当なの？」

家政婦の顔から微笑がすっと消えた。

「やはりあの娘が何か申し上げたんでございますね」

「どうなの？」

「どうなのと申されましても……。確かに、あのような封筒と便箋を雪子様がお使いになっていたことはございますが、はたして、あれが雪子様のものかどうかは、わたくしには何とも。似てはおりましたが」

寿世はネットリした口調で曖昧な言い方をした。

「でも、わたしの見たところ、特別注文で作らせたような品だったわ。そう似たような別物があるかしら？」

「そうでございますねえ。となると、ひょっとしたら雪子様のお部屋にあったものかもしれませんわねえ」

老獪な家政婦はやっと遠回しにあれが雪子の部屋にあったものだということを認めた。

「だとしたら、あれを有美さんが書いたと考えるのはおかしいんじゃないかしら」

「どうしてでございますか」

「だって、雪子さんの部屋にはいつも鍵がかかっていて有美さんには入ることができなかったはずでしょう？」

家政婦はちょっと虚をつかれたような表情をしたが、すぐに感情の動きの判りにくいポーカーフェイスに戻って、

「さあ、それはいかがなものでございましょうか。あの部屋の鍵を持っているのは確かにわたくしと旦那様だけでございますが、何も鍵を肌身離さずつけているというわけではございませんので。わたくしの場合はサロンの引き出しに他の鍵と一緒に保管しておりますから、こっそり盗み出したり、合鍵を作ろうと思えばできないわけではないのですよ。それよりも、奥様」

寿世は怖いような目をして、私の前にぬっと顔を突き出すと、

「あまり有美という娘の言うことを真に受けない方がよろしいかと存じますよ。一見弱々しげに見えますが、あれでなかなか芯は強情でしたたかな娘でございますから。信

用なさらない方がお為かと」

と、囁くように言った。忠告というより脅かされているような気がした。強情でしたたかなのは、この目の前の家政婦も同じようなものだ。

「もういいわ。ちょっと独りになりたいから」

と言うと、家政婦は素早い視線をテーブルの上の良江の日記帳にさっと注いでから、やけに慇懃な礼をして、出て行った。

どちらかが嘘をついている。有美だろうか。それともあの老獪な家政婦の方だろうか……。

良江の日記帳を取り上げた。これが何かの手掛かりになるかもしれない。苑田良江という女のことが少しは理解できるかもしれない。あのお手伝いの少女を除いては、この屋敷の誰からも愛されなかった女。それでもこの家を出て行こうとはしなかった女。そして、少しずつ狂っていった女……。

私は死んだ女の日記帳を開いた。

第二部

13

十月十五日（土）

屋敷のバラが咲きはじめている。二階の窓から見ると、きれいというより何か怖いような気さえする。こんなに沢山のバラがいっぺんに咲くところを私は今まで見たことがない。秋にもバラが咲くなんて。バラは初夏にしか咲かない花だと思っていた。

私はどうしてもこの屋敷になじめない。広すぎて、古すぎて、美しすぎる。私が育ってきた環境と、今までいた所とあまりにも違いすぎる。

十月十七日（月）

ここに来て今日でやっと一月になる。それなのに、まるで一生の半分もの時間が過ぎ去ってしまったようだ。

この家に居て私は何もすることがない。ひがな一日老婆のようにうすボンヤリとしている。私は何をしにここに来たのだろう。

長い間、たった一人で暮らしてきた。さびしいとか孤独とかいう感情は身近すぎて何も感じないほどに一人だった。でも、中学のとき両親をいっぺんに亡くして、靴の脱ぎ場所にも事欠くような形で叔父の家に厄介になっていた間も、東京に出てきて、病院の仕事に追われてアパートにはほとんど寝に帰るだけの生活をしていた間も、私はいつも夢を見ていた。いつか自分の家族と家を持てるというささやかな夢。

夫を会社に送り出した後で、膝もとにまとわりつく小さな子の相手をしながら、安アパートのベランダに干した布団を叩く。そんな小さなありふれた幸福でいい。私が望んだものはそういうものだったはずなのに……。

それがどこでどう狂ってしまったのだろう。私は今、何千何百とバラの咲き乱れる広大な屋敷の「奥様」なのだ。いつのまにかシンデレラになっていた。でも、昔読んだお話にはどこにも書いてなかった。王子様のお后になれたシンデレラが本当は前よりも不幸になっていたなんて……。

夫は変わってしまった。病院に居たときとは別人のようだ。あれは本当に私が看護してきた人なのだろうか。自分が癌だと思い込み、よるべのない子供のようだった、あの人なのだろうか。この家にはじめて来たとき、何も知らない私にバラの名前を教えてくれた、その人なのだろうか。

今朝、階段から降りて来た夫と一瞬目が合った。私はその目のつめたさにぞっとした。夫の目に私は映っていなかった。道端の石ころを見るときだって、人はもっと人間らしい目をするというのに。

私は石ころ以下の存在なのだろうか……。

十月二十日（木）

夫は昨晩も寝室にはやって来なかった。ベッドの純白のシーツの半分は冷たいままだ。どこで眠っているのだろうとずっと不思議に思っていたが、今朝、その謎が解けた。彼があの部屋、亡くなった雪子さんの部屋から出て来るのを見てしまったのだ。私に見られたことに気づいたのかそうでないのか、夫は悪びれた様子もなく、ズボンのポケットから鍵を出すと、ドアに鍵をかけた。誰にも触れさせないために。まだあの部屋に入ったことがない。入るのが怖い。夫の前の妻がどんな女だったのか知るのがとても怖い。

私たちの秘密を知られてしまうようで嫌だったが、思い切って、寿世さんに私の部屋にシングルのベッドを用意してくれるように頼んだ。昼寝用よ、とごまかしてみても、あの家政婦には何もかも見抜かれているようだ。

おなかのなかであざ笑っているみたいな無表情で、「さようでございますか。そういうことでしたら、すぐに用意しますとも」と彼女は言った。「そういうこと」というところを微妙な含みを持たせた言い方で。

十月二十一日（金）
晶さんはこの屋敷から一歩も出ない。たまに、車椅子で庭を散歩するだけだ。子供のころ、交通事故で両足が不自由になったそうだが、また歩けるようになる見込みは全くないのだろうか。とても頭の鋭い神経のピリピリした人なので、あまり足のことを面と向かって詳しく聞けない。それとなく寿世さんに聞いても、なぜか話をはぐらかされてしまう。私がそんなことを気にする必要はないと言うのだ。晶さんのことは晶さん自身が考えるからいいのだという。まるでお節介を焼くなと言わんばかりの口調。家族の身の上を案じるのがどうしてお節介なのだろう。何か手助けしてあげられることはないのだろうか。

そう考えて、なんとなく苦手な人だったが、今日、勇気をだして、彼女の部屋を訪ねた。彼女を屋敷の外に連れ出してあげたいと思ったからだ。一人では心細いだろうし、寿世さんが付き添うには年を取り過ぎている。

私なら看護婦の経験もあるし、付き添いにはうってつけだ。彼女の役に立ちたかった。ただそれだけなのに……。

今でもなぜ私の申し出たことがあんなに晶さんの癇に障ったのか、さっぱりわからない。私はただ彼女の車椅子を押させて欲しいと申し出ただけなのだ。

「からだが不自由なことを恥ずかしがっていてはいけないわ。足が不自由なのはちっとも恥ずかしいことではないのよ。晶さんはもっと外に出るべきよ。一人で不安なら、私がお手伝いするわ」

そう言ったときの彼女の反応を一生忘れないだろう。彼女は車椅子に座ってむずかしそうな本を読んでいた。彼女はいつもむずかしそうな本を読んでいる。私が入ってきたときから、あからさまに迷惑そうな顔付きをしていたのが、眉を吊り上げて、

「何を恥ずかしがっているですって？」と言うので、私はうろたえてしまった。彼女が

屋敷から一歩も出ないのは不自由なからだを他人に見られたくないからではないのだろうか。

「ねえ、良江さん。あなた、何かとんでもない勘違いをしてるんじゃなくって？」と、彼女は私の顔を侮蔑に満ちたまなざしでまじまじと見詰めながら言った。

「わたしがこの動かない二本の足のことが恥ずかしくて、屋敷から出ないと、あなた、本気でそんなことを思っているの？」

　晶さんは毛織の膝掛けをかけたモモのあたりを平手で叩いてみせた。

「おあいにくさま。わたしはこの棒切れの二本の足がそりゃ気にいっているのよ。恥ずかしがって隠すどころか、みんなに見せびらかしてあげたいくらい。これはわたしが所有しているなかで最高のオブジェですもの」

　彼女の話し方はいつもこうだ。話が現実的なことから飛躍して、すぐに抽象的になってしまう。一種の逃避ではないかしら。彼女は本当はそんなに強い人ではないのかもしれない。とてもデリケートで、たぶん現実に耐えられないのだ。

　もし私が彼女の立場だったら、こんな風に車椅子に縛りつけられた生活を強《し》いられたとしたら、やはり世間に対して心を閉ざしてしまうだろう。それにしても、「棒切れの足」と言うことは、事故で神経がやられてしまったということなのだろうか……？

「でも、あまり家に閉じこもっていては」

「家に閉じこもっていようがいまいが、それはわたしが決めることよ。あなたの指図は受けないわ」

彼女はつめたい声でそう言って、本に目を落とした。はっきり私を拒絶しているのがわかる。出会ったときから、こういう態度だ。私たちはよほど相性が悪いらしい。それも私の不徳のいたすところかもしれないけれど。

「べつにわたしは指図なんか……。ただ、晶さんにもっと幸福になってもらいたくて。もし、わたしにできることがあればと思って」

私の善意がひどく誤解されているような気がして悲しくなった。

「わたしが幸福になるのに、あなたができることはなにもないわ。ひとつだけあるとしたら、すぐに荷物をまとめてこの家から出て行くことくらいかしらね。わたしを幸福にしようなどという思い上がったことを思いつく暇があったら、兄を幸福にすることを考えてちょうだい。いつまで、兄を書斎の長椅子で寝させておくつもりなの？」

鋭い口調でそう言われて私は足元がふらつくほどショックを受けた。夫は毎晩書斎の長椅子で休んでいたのだ。そして、時には雪子さんの部屋でも……。そのことを晶さんは知っていた！

逃げるようにして自分の部屋に戻ってきた。ベッドに身を投げて少し泣いた。晶さんを憎んではいけない。自分にそう言い聞かせながら。それでも、彼女を憎みそうになる自分をどう抑えたらいいのだろうか。

彼女は足の自由がきかないから、あんな風にひねくれているだけだ。私のこの善意もいつか彼女に伝わるときが来るだろう。

なにはともあれ、私は五体満足なのだから……。

十月二十二日（土）

この家では本当に何もすることがない。

あまり退屈なので、今朝、寿世さんに家事を手伝わせて欲しいと頼んでみた。母が病身だったから、物心がついたころから、家事はずっと私がやってきた。叔父の家に居るときもそうだった。炊事洗濯はおろか、何から何まで私の仕事だった。どんな冬の寒い日でも、つらいと思ったことはない。私は家事が好きなのだから。こんな風に床の間に飾られて何もしないでいる方がよっぽどつらい。台所でじゃがいもや人参《にんじん》の皮でもむいていた方がずっと気が休まるし、楽しい。

それに私はこの家の主婦なのだから、献立なども自分で決めたい。毎日の献立に頭を悩ませながら、家計簿をつける。それが長い間望んできたささやかな夢なのだ。私が夢みたのは、きれいな服を着て、ひがな一日ボンヤリしていることではない。寿世さんは、「奥様」と奉るふりをして、私から主婦としてのすべての楽しみと権限を取り上げているのだ。

しかし、彼女は「奥様がそんなことをする必要はございません」の一点張りで、どうしてもこちらの提案を受け入れようとはしなかった。あげくの果てに、「今はお暇でも、そのうちお子様がおできになれば、奥様もお忙しくなりますよ」と、薄笑いを浮かべて言った。

そんな可能性のないことを誰よりも知っているくせに！

十月二十三日（日）

この家の人たちの話題は何かというと、亡くなった雪子さんのことばかりだ。

雪子。雪子。雪子。私の知らない思い出話ばかり！　普段はむっつりしてめったに笑わない夫も、雪子さんの話になると、表情ががらりと変わる。急に目が生き生きとしてくる。今日も夕食の話題は雪子さんのことだった。いつも口火を切るのは晶さんだ。

「ねえ、覚えている？」といって、思い出話にどっぷりと浸かり込んでいく。

私はただ黙って彼らの話を聞いているだけ。口をはさむ余地などまるでない。私は雪子さんのことを何も知らないのだもの……。

話に加わろうとして、「雪子さんてどんな方でしたの？」と聞いても、晶さんは冷たく、「あなたが知る必要はないのよ」と答えるばかり。私は夕食のたびに私の知らない前の妻の話を耳にタコができるほど聞かされるのだ。

雪子のことが知りたい。明日、夫が大学にでかけたら、寿世さんに頼んで彼女の部屋を見せてもらおう……。

十月二十四日（月）

ここに来てはじめて雪子の部屋に入った。あまり気がすすまない様子だった寿世さんをなんとか口説いてドアの鍵をあけてもらった。

南に大きな出窓のついた美しい部屋。窓からはバラ園が見渡せる。この屋敷でいちばん眺めのよい部屋ではないだろうか。雪子さんは死んでもなお、この美しい部屋を所有しつづけているのだ。

あれは死んだ人の部屋ではない。まるで、部屋の主がちょっと留守にしているというよう。鏡台のヘアブラシには雪子の長いきれいな髪の毛がからみついていた。ベッドの掛布団ははがれて、シーツには彼女のからだの跡を思わせるようなくぼみがついていた。寿世さんは、「この部屋は雪子様が亡くなった日のままにしてある」と誇らしげに言った。部屋を見せて欲しいと頼んだときは、あんなに渋っていたのに、いったん部屋に入ると、彼女は人が変わったようになった。気味がわるいほど生き生きとして、雪子の死んだ日のことを憑かれたように語った。

高熱にうかされて、天使の幻を見て、窓から飛び下りたのだそうだ。寿世さんは洋服だんすから、白い絹の寝間着を取り出すと、それを広げて見せた。胸や裾のところに点々と茶褐色のしみがついていた。白いスリッパにも同じようなしみがついていた。それが雪子さんの血の痕だとわかって、私はぞっとした。気持ちが悪い。夫もどうかしている。どうしてこんなものまで大事に取っておくのだろう。

まるい鏡のついた鏡台には、中身の入っていない香水のびんが沢山あった。どうして中身がないのか聞くと、雪子には変な癖があって、香水を買ってもらうと、中身を全部捨ててしまって、びんだけを集めていたのだそうだ。

寿世さんは洋服だんすから何枚もドレスを取り出してきては、私の胸にあて、どれも私には似合わないことを思い知らせてくれた。

雪子の写真は夫が絶望のあまり発作的に全部燃やしてしまい、一枚も残っていないそうだが、この部屋に残っているドレスや靴を見れば、雪子という女性がどんな人だったのか嫌でも想像がつく。

彼女は私よりもずっと若く、色が白く、背は高く、そのくせ私よりもキャシャで、手足が小さかった。細くて美しい、長い髪をしており、白い服がそれはよく似合った人。そして、香水のびんを集めるのが好きだった……。

鏡台の上のあまたの香水びん。バラのポプリ。バラ色のレターペーパー。彼女が愛した様々な小物たち。あの部屋で、雪子の遺品のひとつひとつを手にとっては、亡き妻を偲んでいる夫の姿を想像すると、やりきれなかった。

私はこの屋敷に来るべきではなかったのかもしれない。私の居場所はどこにもないのだから……。

14

十月三十一日（月）
午後、部屋でボンヤリしていると、寿世さんがやって来て、「お嬢様がお話があるそうです」と言った。晶さんの方から私に話があるなんて珍しいこともあるものだと思いながら彼女の部屋に行くと、晶さんはニコニコしてご機嫌が良さそうだった。何か嬉しいことでもあるように、微笑を絶やさず、寿世さんに紅茶を運ばせたりして、私をもてなしてくれた。

この調子だと彼女ともそのうちうまくやっていけるかもしれないと考えはじめた矢先だった。彼女があの薄い紙きれを私の前に差し出したのは。

「ねえ、良江さん。お互いの幸福のために、この紙に快くサインして下さらない？」

鼻先に突き付けられた用紙を見て思わず息を呑んだ。

離婚届けだった。

「あなたが先にサインすれば、兄の方はためらわずに同様にすると思うわ。こうするのが、兄にとってもあなたにとっても最上のことではないかしら。もちろん、ここを出たあと、あなたが路頭に迷わないくらいの慰謝料は出させてもらうわ。だから、今後の生活のことは心配いらないのよ」

彼女は猫撫で声でそう言った。

「それは俊春さんも承知の上のことなんでしょうか」

夫が妹を使ってこんなことをさせたのだろうか。ショックで胸が潰《つぶ》れそうだった。

「兄に頼まれたわけではないわ。わたしの一存よ。寿世に役所まで行ってこの紙きれを貰ってこさせたの。でも、口にこそ出さなくても兄の考えていることも同じだと思うわね。ただ、なかなかあなたに言い出せないでいるだけなのよ」

晶さんは兄のことなら何でもわかるとでも言いたげだった。

「あなただって、今のままでは蛇の生殺《なまごろ》しみたいなものでしょう？　兄はこの結婚が間違っていたことに気づいてしまったの。だから、この先いつまで待っても彼の心は元には戻らないわ。一日も早くこんな生活にけりをつけて新しい道を見つけた方が賢明よ。あなただってまだ若いんだし」

少しショックがおさまってくると、だんだん腹がたってきた。晶さんは前に私が車椅子を押させて欲しいと申し出たとき、お節介を焼くなと言わんばかりだったのに、今、彼女のしようとしていることこそ、お節介というものではないか。

「夫婦の問題は夫婦で解決します。晶さんにあれこれ言われる筋合のことではないと思いますけれど」

私は思い切ってそう言った。なにもこんな人を恐れることはない。どんなに頭が良くても、彼女などはしょせん乳母日傘《おんばひがさ》で育ったお嬢様にすぎないのだ。世間に出て自分の手を汚して働いたこともない。沢山の本のなかに埋まって、誰かが書いた人生を頭に詰めこんでいるのにすぎないじゃないの。私の方がずっと世間というものを知っている。アルバイト先からおなかをすかして帰ってきたら、台所の流しには叔父家族が食べ散らした食器が散乱していて、すきっ腹を抱えてそれを洗わなければならなかったつらさ。一日が終わってくたくたになって、風呂場に行けば、叔父たちの垢や髪の毛がそこらじゅうに浮いた冷めきった汚いお湯に、我慢して体を沈めなければならなかった惨めさ。そんな経験を一度でもしたことがあるというの？

病人や怪我人の耳をふさぎたくなるようなうめき声や、血膿《ちうみ》にまみれたガーゼに囲まれて働いたことがあるというの？

「兄ひとりでは解決できそうもない問題だから、わたしがあえて憎まれ役を買って出てあげたのに。まあ、いいわ。とにかく、これはあなたに預けておきます。いつでも気がむいたときに署名してちょうだい。一刻も早くそうするのがあなた自身のためよ」

彼女は私の手に用紙を押しつけた。

私自身のため？　彼女自身のためではないかしら。思えば、青春をこの屋敷から一歩も出る事なく過ごした、この不幸な中年女性にとって、夫は兄というだけでなく、最も身近な異性だったのだ。

彼女は私に嫉妬している。部屋に戻ると、手のなかにあった用紙をびりびりに引き裂いてクズかごに捨ててしまった。意地でもこの屋敷からは出ていかない。そんな気持ちになっていた。

夫の心をもう一度取り戻して見せる。どんなことをしてでも！

十一月一日（火）

もっと本を読まなければならない。そうでなければ、夫の話についていけず、彼の心はいよいよ私から離れるばかりだ。夫は私を無知な女だと思っている。妹の方がずっと知的で話相手にふさわしいと思い込んでいるのだ。

私だって馬鹿じゃない。小学校から中学までずっと成績はよかった。クラスで一番になったことだってある。高校のときだって、あんなにアルバイトや家の手伝いに追われていなければ、もっと良い成績がとれたはずだ。学費を出してくれる人さえいたら、大学にだって行けた。

本だって子供のときは読むのが好きだった。目が悪くなるからとか、怠け者になるからとか何かにつけて私から本を取り上げようとする家族の目を盗んで、電気スタンドを布団のなかに引き入れて朝まで読みふけったこともある。

家族だけで小さな民宿を経営していた叔父の家へ引き取られてからは、のんきに本を読むひまなどどこにもなかった。私にそんなことを許してくれるような人たちではなかったからだ。私を引き取ったのだって、ただでこきつかえる使用人が欲しかっただけだ。叔母がいつも忘れた振りをして小遣いをくれないので、こっそり新聞配達のアルバイトをしなければならなかったし、家ではいつも配膳や部屋の掃除、布団のあげおろし、その合間に幼いイトコたちに叔母の代わりにごはんを食べさせたりしてやらなければならなかった。

学校の勉強さえろくにできなかったのだ。どこに本を読むひまなんかあっただろう！

でも、今は違う。ひまなら腐るほどある。ずっと働きづめで、働くことしか知らなかった私に、神様が取り上げていた時間を返してくださったのかもしれない。

本を読もう。失った時間と知識を取り戻すのだ。まずバラのことをもっと知らなければ。花の種類も名前もわからない。こっそりバラのことを勉強して、私だって晶さんに負けないくらいの知識があることを夫に見せてやろう。

十一月二日（水）

バラのことをもっと知りたい。

本を読むよりも直接誰かに教えてもらった方がいいかもしれない。それには園丁の壬生さんが一番ふさわしい。

そう思って、バラ園にいた壬生さんに声をかけた。無愛想でとっつきにくい人だが、そんなに悪い人ではないように思う。

五十近いのに、独身で、屋敷内の小さな一軒家にひとりで暮らしている。晶さんはこの人のことを「バラと結婚した男よ」と言っていた。

私が近付いて行くと、壬生さんは、あまり背の高くないバラの木の世話をしていた。

私がバラのことを教えて欲しいと頼むと、壬生さんはバラの木から目を離さずに、

「どんなことをお知りになりたいんですか」と面倒くさそうな声で聞いた。

「何でもいいのよ。バラのことなら何でも。以前主人からいろいろバラの名前を教えてもらったのですけれど忘れてしまって。もう一度勉強しなおしたいの」

壬生さんはやはり親切だった。あまり私のことを歓迎してくれていないようだったが、それでも、いろいろなバラの種類や名前を教えてくれた。よほどバラが好きらしい。最初はむっつりして不機嫌そうだったのに、バラの話になるとだんだん夢中になって、こちらが聞きもしないことまで教えてくれた。

一番背の高い木がグランディフローラ。見上げるほどの高さだ。中くらいの私くらいの背丈の木がハイブリッド・ティー。これは西洋のハイブリッド・パーペチュアルと中

国のコウシンバラをかけあわせて作られたものだそうだ。ティーというのは葉っぱの香りがお茶の香《か》に似ているから。そして、背丈の低いのがフロリバンダ。

バラの名前も、真っ赤なクリスチャン・ディオール、黒紅色のパパ・メイヤン、白いホワイト・クリスマス、ピンクのクイーン・エリザベス、黄色のゴールド・バーニー、赤いクリムソン・グローリー、藤色のブルー・ムーン……。とても覚えきれないほど。

外国のバラばかり。フランス、ドイツ、アメリカのものが多い。屋敷の垣根にからませてある赤いツルバラはブレンネンデ・リーベと言ってドイツの花だそうだ。

私より少し低い高さの木に白い花をつけているバラがあった。純白に淡いピンクのぼかしが入った、ひときわ美しいバラだった。香りもとてもいい。好きになれそうなバラだった。「このバラはなんて言うの」と聞くと、壬生さんははじめて笑顔らしきものを見せて、「それは私が作ったバラですよ」と答えた。

「世界に一つしかないバラです。まだコンテストにも出したことがないんです。これからも出すことはないでしょう」

「どうしてコンテストに出さないの？　私は素人だからよくわからないけれど、このバラなら賞を取ってもおかしくないと思うわ。それどころか、賞を取らない方が不思議なくらい」そう言うと、壬生さんはちょっと軽蔑するように肩をすくませて、「賞なんかどうでもいいんです。これはこの館の中だけで咲いているのが一番いいんですから。私はこれを誰にも見せたくないんです。この屋敷の人たち以外には」

　壬生さんの頬はまるで好きな女の子の話をしている中学生のように、文字どおりバラ色に染まっていた。このバラが一番好きなのだ。無理もない。とても言葉では言い表せないほど美しい花だもの。外国産のバラは美しくてもどこか仰々しくて匂いもきつくてなじめない。この白バラは形も香りも東洋的で気持ちにしっくりくる。

　壬生さんが自慢したくなるのもよくわかった。

「それで、名前は？」そう聞いたあとで、私は聞いたことをすぐに後悔した。壬生さんはうっとりした口調でこう答えたからだ。「ユキコ。前の奥様の名前をつけたのですよ。このバラのような方でした」

　ああ、この人もまた雪子の信者だったのだ。なんだか急に気分が悪くなって私はあわてて屋敷の中に入ってしまった。

　どこにいても雪子の面影がつきまとう。聞いたこともない雪子の声が、甲高く澄んだ声がどこからか聞こえてくるようだ。そして、階段や廊下に彼女の軽やかな足音が。この家の人たちは誰も雪子を忘れていないのだ。決して忘れないのだ。彼女がまだ生きているかのように、彼女の話をし、彼女の名前のバラを育て、彼女のいない部屋で時をすごす。

それでは一体私は何者？　私はこの家にとって何者なのだろう。

十一月七日（月）

気が滅入ってしょうがない。息がつまりそうだ。

そう言えば、ここに来てから、まだ一度も外出していないことに気がついた。今日は天気もいいし、久し振りに気晴らしに外に出てみたくなった。ひとりではつまらないので、お手伝いの有美ちゃんを連れ出すことにした。デパートで洋服でも買ってやって、どこかしゃれたレストランでおいしいものでも食べたら気が晴れるかもしれない。

寿世さんは私が有美を連れ出すことが気にいらないらしく、ご機嫌斜めな様子だったが、かまわず出掛けた。私はこの家の「奥様」なのだ。そういつもあの人たちのいいなりにはならない。

屋敷のなかではあんなに無口で陰気だった子が、外に出ると、解放されたようにのびのびと振る舞い、笑顔も見せるようになった。可哀そうに。あの子もあの家で息をつめるようにして暮らしていたのだ。

雪子さんが亡くなってから屋敷に雇われた子だから、有美の口から雪子の賛美を聞く心配はなかった。私もあの子といるとほっとしてくつろげる。妹と一緒にいるような気分になる。それに有美だけだった。私を素直な口調で「奥様」と呼んでくれるのは。寿世さんの言い方にはどこか侮蔑的なとげがあった。

デパートで赤い靴とお揃いの赤いハンドバッグを買ってやると、有美は本当に嬉しそうだった。はじめて若い女の子らしい無邪気な笑顔を見せた。私のうっくつした心も彼女の笑顔で晴れるような気がした。

時々、こうして有美ちゃんと二人きりで外に出るのもいいかもしれない。そのことを有美に言ったら、彼女も嬉しそうだった。

でも、久し振りで味わったこの浮き浮きするような気分も、夕方、屋敷に帰ってきて、部屋のテーブルの上に何気なく載っていた一通の手紙によって台なしにされてしまった。

それは高級そうな淡いバラ色の封書で、住所も切手もなく、黒いインクで、ただ、「苑田良江様」と私の名前が表に書いてあるだけだった。子どもが書いたような下手くそな字だった。裏を返すと、差出人の名前もない。出かけるときにはこんな手紙はテーブルにはなかった。私が外出している間に誰かがこれを置いていったのだ。屋敷のなかの誰かが……。

嫌な胸騒ぎを覚えて、私はその手紙の封を切った。甘い香りのするバラの透かし模様の入った便せんには、宛名と同じように下手くそな字でこんなことが書かれていた。

薔薇屋敷にようこそ。ここでの生活はいかが？　今までの暮らしに較べればさぞ快適でしょうね。だから、あなたは出ていこうとはなさらないのね。誰からも必要とされてもいないのに。あなたのご主人が愛しているのは亡くなった雪子だけ。誰も雪子の後釜に座ることはできないのよ。いつになったらそれがおわかりになるの？

今すぐにこの屋敷から出て行け。さもないと、あなたにとってとても不幸なことになるわよ。

茫然として、私は何度もその凶々《まがまが》しい文面を読み返した。そして、なぜか、晶さんがこれを左手で書いている姿を想像した。でも、彼女のわけがない。彼女にはこの手紙を書くことはできても、これを二階の私の部屋に置いて行くことはできないはずだ。彼女は歩けないのだもの。

では、寿世さんが？　有美は私と一緒に外出していたのだから、あと考えられるのはあの家政婦しかいないことになる……。

15

十一月八日（火）

昨夜は一晩中あのバラ色の手紙のことが気になって、よく眠れなかった。

よほどあの手紙を夫に見せようと思ったが、あれを書いたのが屋敷のものであることがわかっている以上、彼を不愉快にするだけだと思い直し、しばらく内緒にしておくことにした。

それに夫は書斎に閉じこもりっぱなしで全く取り付く島もない。とても悩みごとなど相談できる状態ではないのだもの。

それにしても、あんなものを一体誰が書いたのだろう……。

一番可能性のあるのは、やはり寿世さんだ。そうだわ。今、これを書いているうちに、ふと思い出したのだが、あのバラ色のレターペーパーはどこかで見た覚えがある。あれは確か、そう、雪子さんの部屋だ！

そうだ。前に寿世さんに鍵を開けてもらって入った、彼女の部屋のテーブルの上に、あれとよく似たレターペーパーが置いてあったのを見たことがある。もし、あれが雪子さんの部屋にあったレターペーパーと同じものだとしたら、あれを書いたのは、まちがいなく寿世さんだということになる。

だって、いつも鍵がかけられているあの部屋からレターペーパーを盗み出すには、あの部屋の鍵を持っていなければならない。あの部屋の鍵を持っているのは、夫と寿世さんだけだ。夫のはずがない。彼は昨日はずっと大学の方で、帰宅したのは、私と有美がデパートから帰ってからだった。夫が私の留守中にあの手紙を置いていくことは不可能だ。

とすれば、考えられるのは寿世さんしかいない。彼女なら、雪子の部屋からレターペーパーを盗み出すことも、私の部屋にあの手紙をこっそり置いておくこともできたはずだから。

もう一度あの部屋に入ることができたら！　そうすれば、あの手紙を書いたのが寿世さんだという証拠をつかむことができるのに。証拠をつかんだからといって、夫や屋敷の人の前で、寿世さんのしたことを暴きたてるつもりはない。こっそり本人に私が何もかも知っていることをほのめかすだけでいいのだ。

私は誰も敵にまわしたくない。みんなと仲良くしたいだけなのだから。

どうせ、寿世さんに言っても、二度と雪子さんの部屋には入れてもらえないだろう。彼女があの手紙の主だとしたら尚更のこと。泥棒みたいで気がすすまないが、あの部屋の鍵を内緒で手に入れることにしよう。

そんなに悪いことではないわ。だって、私はこの家の「奥様」なのだもの。家の鍵を自由に使う権利があるはず。寿世さんが何と言おうと、しょせん使用人にすぎないじゃないの。びくびくすることはない。

十一月十日（木）

バラが咲き乱れている。怖いような眺めだ。どこにいても、甘い香りが追いかけてくる。夜になると、噴水のそばの水銀灯の青白い明かりに照らされたバラ園から誰かのささやき声がする。あそこには何かいる。見てはいけないものが。きっと何かいる。

夢の中にまでバラが出てくる……。

十一月十五日（火）

この屋敷の鍵は寿世さんがまとめてサロンの戸棚の引き出しに保管している。それとなく、この一週間というもの様子をうかがっていたのだが、いつも寿世さんがサロンに頑張っていて、あの引き出しを開けるチャンスはなかなか巡ってこなかった。

それでも、幸い今日の午後になって、彼女は足が痛むと言って、一階の奥の自分の部屋に閉じこもってしまった。チャンスだ。晶さんも自分の部屋に閉じこもっているし、夫は今日も大学だ。有美がうろうろしていたけれど、あの子になら見られても構わない。それでも、念のため、二階の掃除を言い付けて下に降りてこないようにさせた。

でも、サロンの引き出しを開けてみて、私はがっかりしてしまった。確かにそこに鍵はあったが、この屋敷の部屋という部屋の鍵が鍵束にひとつにまとめられていて、どれがどの鍵なのか私には区別がつかない。寿世さんには一目で区別がつくのだろうが。

まさか、この鍵束ごと持って行って、ひとつひとつあの部屋の鍵穴に試して見るなんて悠長なことはできない。途方に暮れかけたが、いいことを思い付いた。

夫の持っている鍵だ。あちらの方を使えばいい。

書斎に行ってみた。彼が居る間は決して中には入れてもらえなかった部屋。スリッパを脱ぎ、足音を忍ばせて中にはいった。この部屋の又隣は晶さんの部屋だから、少しでも物音をたてると怪しまれる。どうせ、彼女のことだから本でも読んでいるのだろう。

書斎は窓のある東側の壁を除いて、背の高い書棚がずらりと立ち並び、かび臭いようなすえたような、古本屋みたいな匂いがした。あるのは他に机と仮眠用の長椅子だけ。

長椅子には枕がぽつんと投げ出されており、よく使われていることを示すように、革の表面がへこんでいた。

まず、音をたてないようにして、机の引き出しを一番上から開けた。サロンの戸棚の引き出しを探ったときよりも、胸がどきどきし、罪悪感のようなものを感じた。たとえ夫婦といえども、勝手に相手のプライバシーを侵していいわけがないことはよくわかっていた。

一番上の引き出しには鍵はなかった。二番めの引き出しを開けて、ぎょっとした。黒いくしゃくしゃしたものが丸められて収まっていたからだ。触ってみると、ぞくっとするような感触。かつらだった。真っ黒で長い毛の女物のかつら。濡れたような光沢をもつ真っすぐな髪の毛は、本物みたいに冷たくずっしりとした手触りがあった。

どうして、こんな女物のかつらなんか……。

私は一瞬鍵のことも忘れて、薄気味悪い気持ちで、そのかつらを手に取って眺めた。もしかしたら、これは……。

雪子の髪ではないだろうか！　夫は雪子が死んだとき、その美しい髪の毛を切り取ってかつらを作ったのでは？　毎夜、夫はこの部屋で雪子の髪を撫でている……。そう思うと胸が締めつけられる思いがした。

夫に愛されている雪子の髪を焼却炉に投げ捨て焼いてしまいたい衝動に駆られた。それをなんとか抑えて、かつらを元に戻すと、三番めの引き出しを開けた。

鍵はそこにあった。二つある。一つは書斎の鍵だろう。どちらがあの部屋の鍵だろうか。

それを試すために、ドアに近付き、鍵穴に一方を差し込んでみた。ピタリとはまった。もう一つの方があの部屋の鍵だ。

その鍵を握り締め、そっと書斎から出ようとして、心臓がとまりそうになった。近くの部屋のドアが閉まる音がして、ギーギーという機械音が聞こえたからだ。車椅子の音。晶さんだ。私は戸口で息を潜めていた。もし、彼女がこの書斎の扉を開けたらと思うと生きた心地もしなかった。夫の留守の間に勝手に書斎に入ったことを知られたら、彼女に私をこの家から追い出す恰好の口実を与えてしまう。

どうか晶さんがこの部屋のドアを開けませんようにと鍵を両手に握り締めて祈った。寿世さんを捜しているらしく、大声で呼んでいたが、寿世が現れないので、あきらめたと見え、またギーギーと車椅子の動く音が書斎のドアの前を通り過ぎ、やがて、部屋のドアが閉まる音がした。

私はそのまましばらく棒でも飲み込んだように、不動の姿勢でじっとしていた。てのひらにはびっしょりと冷汗をかいて、鍵は汗で濡れていた。

ほっと一息つくと、外に耳をすませ、誰もいないことを確認して、書斎から滑り出た。雪子の部屋に入るときも同じような危険をおかさなければならない。あの部屋にいるところを誰かに見られでもしたら……。何故あの部屋に入ることができたのか、鍵の出所をつきとめられ、夫の書斎から無断で鍵を盗み出したことがばれてしまう。

ただ、雪子の部屋は二階にあるから、晶さんに見付かる心配はない。注意しなければならないのは寿世だけだった。あとは時々、壬生さんも屋敷のなかにいることがあるから気をつけなければ。

足音を忍ばせたまま、階段をあがり、ちょうど、廊下の掃除をしていた有美に、今度は階段の手すりをきれいにするように言いつけた。有美ならそれほど恐れることもないが、誰にも見られないにこしたことはない。

有美が階段を降りていくのを確認してから、雪子の部屋のドアに鍵を差し込んだ。

二重のカーテンに日の光がさえぎられて、部屋は薄暗かった。でも、カーテンを開けるわけにはいかない。外から誰が見ているかわからないからだ。

あまり、窓際に近寄ることもできなかった。カーテンに影がうつってしまうかもしれない。私はそんなことを用心しながら、かすかにバラの香りの漂う部屋を見回した。

この前、寿世さんに入れてもらったときと部屋は同じ様子だった。いつまでも主が帰ってくるのを息をひそめて待っているような部屋……。

赤いビロードの椅子に座ったビスク・ドールが、とがめるような鋭い視線を私に向けていた。百年も生きているような目をしている。見詰めていると魂を吸い取られてしまいそうだ。青く冷やかな目。深く鋭い。ゆっくりと流れる時間を見すえている目だ。

あのテーブルの上にやはりバラ色のレターペーパーが置いてあった。便せんに染み込んだバラの香りもバラの透かし模様も全く同じだった。

もうこれで間違いない。あの手紙を書いたのは寿世だ。

そのとき、タンスの上のからくり時計が動いて時を知らせるオルゴールを奏でたので、ぎょっとした。金色のからくり人形はくるくると回っていた。

小さい頃、聞いたことのあるメロディ。なんていう曲だったか。遠い遠い昔を思い出す。母のひざにもたれて聞いた曲かしら。それとも……。

私はこっそり部屋を出た。あの部屋に長く居ると、なんだか頭がおかしくなりそうな気がして……。

16

十一月十六日（水）

庭の焼却炉であのバラ色の手紙を燃やした。あれを書いたのが寿世さんだとわかった以上、もう何の脅威も感じなくなったからだ。手元に残しておくのは不愉快なので、焼いてしまうことにした。寿世にそれとなくあの手紙の主が彼女だとわかったことを知らせてやろうかとも考えたが、あの人のことだ。絶対に自分のやったことだとは認めないに違いない。あの手紙を書いて私の部屋にこっそり置くことができたのは彼女だけだという証拠を出してもいいが、下手をすると、あの部屋に夫の鍵を無断で使って入ったことを知られてしまう恐れがある。そうなったらやぶ蛇。

あの手紙のことは私ひとりの胸におさめて早く忘れてしまおう。それが一番いい。そうすれば誰も傷つけずにすむ……。

十一月二十二日（火）

なんということだろう！

私には何がなんだかわからなくなってしまった。あのバラ色の手紙がまた部屋のテーブルに置いてあったのだ。前と同じ封筒、同じ便せんだった。黒のインクで宛名しか書かれていない点も子供のような下手くそな筆跡も全く同じだった。

あなたもずいぶんしぶとい人ね。わたしはこの前の手紙で、この屋敷から出ていけと忠告したつもりよ？　それなのに、あなたはまだここにいる。この屋敷の誰もがあなたを嫌っていることにまだ気がつかないの。とりわけ、あなたのご主人はあなたを心底憎みはじめているのよ。だって、あなたときたら、雪子とは月とスッポン。とても較べものにならないからよ。

今からでも遅くはないわ。すぐに出て行きなさい。そうしなければ、不幸になると言ったのはたんなる威しではないのよ。それに、あなたがどんなにわたしの正体を知ろうとしても、それは絶対に不可能なこと。あなたにはわたしが見えないのだから。

私をおびやかしたのは、この悪意に満ちた文面ではなかった。この二通めの手紙を書いて私の部屋のテーブルに置いて行ったのは、寿世ではありえないということだった。寿世ではない！　彼女がこの手紙を部屋に置いて行くのは不可能だった。というのは、今日の午後は、今日が誕生日の晶さんのために台所で寿世と一緒にずっとバースデイケーキを作っていたからだ。

部屋を出たとき、こんな手紙はテーブルにはなかった。ケーキを作り終えて部屋に戻ってみると、この手紙が部屋にあったのだ。誰かが私が台所にいる間にこの手紙をテーブルの上に置いて行ったことは間違いない。でも、それは寿世ではありえない。彼女はケーキをつくっている間中、私のそばから離れなかったからだ。

背筋が寒くなった。『あなたにはわたしが見えないのだから』とはどういう意味⁉　なぜ私にはこの悪意に満ちた手紙の主が見えないというのだろう……。

この屋敷の人間に決まっているのに！

二通めの手紙が寿世の書いたものではないとしたら、最初の手紙も彼女ではなかったということになる。最初の手紙を燃やしてしまったことを後悔した。あれが残っていれば、二通の手紙をつぶさに較べてみることができたのに。でも、二通の手紙が同じ人によって書かれたものであることは間違いない。

一体、誰が⁉

とにかく、この二通めの手紙を私の部屋に置いて行ったのは寿世ではない。もちろん夫など論外。今日も大学のある日だ。朝から留守にしていた。有美でもない。私が寿世と台所にいる間、あの子は買い物に出ていた。途中でこっそり引き返してきたなんて考えられない。それに有美は私を慕っている。あの子がこんなひどいことをするはずがない。

あと残るのは、晶さんと壬生さんだけ。もし、晶さんの足が不自由でなかったら、この手紙を書いたのは彼女だと私は信じて疑わないだろう。手紙の文章がどことなく彼女の口調に似ているから。でも、彼女は歩けない……。

本当に彼女は歩けないのだろうか？　そういう振りをしているだけだとしたら？　いえいえ、そんなことはありえない。どうしてそんな振りをする必要があるのだろう。とすると、残るのは壬生さんだけということになる。壬生昭男！　そうだわ。私は彼のことをあまり意識していなかった。あの人が敷地内とはいえ、別に住まいを持っていて、めったにこの屋敷では見かけなかったせいかもしれない。それでも、時々、バラの切り花を持って屋敷内にいるのを見たことがある。

彼なら、二通の手紙を書いて私の部屋に置いて行くのもけっして不可能ではなかった！

こんな悪意に満ちた匿名《とくめい》の手紙だ。男が女のような振りをして、自分の正体をくらまそうと考えたとしても当然ではないか。ひょっとすると、この、「あなたにはわたしが見えないのだから」という言葉の意味は、この手紙の主が女だと思っているかぎり、正体をつかむことができないという意味ではないのかしら。

ただ、もし手紙の主があの園丁だとすると、鍵のかかった雪子の部屋からどうやって、バラ色の封筒や便せんを手に入れることができたのだろう。

私のように、こっそりあの部屋の鍵を手に入れて忍び込んだのだろうか。でも、そう何度も危険を冒すことはできないはず。もしかすると、彼は一度あの部屋に忍び込んだときに、封筒と便せんをまとめて盗みだしたのかもしれない。

彼が手紙の主だとしたら、住まいのどこかに、バラ色の封筒や便せんを隠し持っているかもしれない。それをつきとめることができたら、匿名の手紙の主は壬生だということがハッキリする。

十一月二十三日（水）

壬生さんがバラ園にいる間に、彼の住まいに入り、あの封筒と便せんを探してみることを決心した。夫の書斎に勝手に入るときのような罪悪感を感じたが、私はどうしても、あのいやらしい匿名の手紙の主の正体をつきとめたかった。

園丁の住まいはこぢんまりとした木造の平屋で、屋敷の背後に従僕がうずくまるような感じで、建っていた。案の定、玄関には鍵はかかっていなかった。夫の書斎に忍び込んだときのように胸をどきどきさせながら、玄関の戸をなるべく音をたてないように開けて、中に入った。

なかは四畳半と六畳の和室が隣りあって二部屋。狭く薄暗い台所と、旧式の手洗い所と風呂場がついていた。

独身の中年男が住んでいるとは思えないほど、なかは掃除が行き届き、きれいに片付いていた。台所には自分で漬けたらしい漬物のかめまであった。廊下も、ちゃんと雑巾がけを欠かさないらしく、古びているとはいえ、塵ひとつなく掃き清められ、磨き込まれていた。

四畳半の方を寝室に、六畳のほうを生活の場に使っているらしく、畳のすりきれてけばだった六畳間には、古風なタンスと、テレビ、ちゃぶ台、座机、本棚があった。

座机の上にはガラスのびんに白いバラの一輪挿し。殺風景な男所帯に唯一の彩を与えていた。

私は座机のひきだしを開けてみた。封筒や便せんを隠しておくとしたら、まずここだ。封筒と便せんはあることはあったが、どこにでも売っているような何の変哲もない白いもので、あのバラ色のものではなかった。

園芸に関する本ばかり並べた粗末な本棚（夫の立派な書斎とは雲泥の差だった！）の本を手にとって、なかを確かめてみた。案外本の中にあの封筒や便せんを挟みこんで隠しているかもしれないと思ったから。でも、何も出てこなかった。

引き戸式の押し入れのなかも覗いてみた。使わなくなったがらくたの類いが段ボール箱に詰められて押し込んであった。その中に手を入れて探っていると、

「そこで何をしているのです」

首筋をすっと撫でるような声が背後からして、私は飛び上がりそうになった。振り返ると、いつのまに帰ったのか、壬生さんが肩で息をしながら、仁王だちになっていた。窓から西日がカッと照りつけ、園丁の顔は血を浴びたように見えた。

「勝手に人のうちに入らないでください！　この家は私が大旦那様から昔いただいたも

のです。お屋敷の人でもみだりに入って欲しくない！」

壬生さんはうわずった、怒りに震える声でそう言った。

「出て行ってください！」

「ご、ごめんなさい。勝手にあがりこんだりして。バラのことを教えてもらおうと思ってきたんですけれど、つい……」

私はしどろもどろでなんとか壬生さんの怒りを鎮《しず》めようとしたが、無駄だった。

「出て行ってください！」

彼は恐ろしい表情でそう繰り返すだけだった。

私は転げるようにして園丁の住まいから逃げてきた。自分の部屋に戻ったあとも、しばらく胸の動悸がおさまらなかった。

壬生の部屋にあのバラ色の封筒と便せんは見つからなかった。あの手紙の主は彼ではないのだろうか。でも、探すことができなかった別の場所に隠してあるのかもしれない……。

17

十二月二日（金）

三通めの手紙！

午後、バラ園をひとりで散歩して帰ってくると、また部屋のテーブルの上にあのバラ色の手紙が置いてあったのだ。今度はダイレクトメールの下に重ねられていた。

やはり同じ封筒。同じ便せん。黒いインクの宛名。幼稚な文字。

あなたも強情な人ねえ。いい加減にここを出て行ったらどうなの？　園丁の部屋をスパイのように探ったって何も出てきやしないわよ。彼は何も関係ないんですもの。わたしの正体をつきとめようなんて浅はかなことは考えないことね。あなたには絶対にわたしの正体はわからないのよ。

あなたがどうしてもこの屋敷にとどまりたいと思っているなら、ひとついいことを教えてあげるわ。雪子の真似をしなさい。てはじめに髪をのばしてみたら？　雪子のように長い髪にするのよ。少しは似てくるかもしれないわ。そうすれば、あなたのご主人もあなたに関心をもつかもしれなくてよ。

三通めの手紙を読んで、私はいよいよ頭が混乱してきた。手紙の主は私が壬生昭男を疑って、彼の家をこっそり捜索したことを知っている！　壬生が誰かにあのことを話したのだろうか。それとも、これを書いたのは彼自身……？

いいえ、三通めの手紙を書いたのは壬生ではありえない！　だって、私がバラ園を散歩しているとき、あの園丁はずっとあそこで仕事をしていた。彼にはあの手紙を私の留守に部屋に置いて行くことはできなかったはずだ。

匿名の手紙を書いているのは壬生ではなかった！　前の手紙とよく較べてみた。どう見ても同じ人物の手によるものだ。でも、三通めの手紙が壬生の仕業でないとしたら、一体誰が……。

やはり、寿世だろうか。この屋敷の郵便物を郵便受けから取り出して、各部屋にくばるのは彼女の仕事。バラ色の手紙の上にあったダイレクトメールは寿世が持ってきたものに違いない。もし、手紙の主が寿世ではないとしたら、彼女が私宛の郵便物を部屋に置いて行ったあとで、誰かが部屋に入ってあの手紙を忍ばせたことになる。

それにしても、手紙の主はいつまでこんな脅迫状を送りつづけるつもりなのだろう。私がこの屋敷を出て行くまで？　それとも……。

十二月五日（月）

夫が大学に出かけるのを待って、また書斎に忍び込んだ。雪子の部屋の鍵をもう一度手に入れるため。いいことを思いついたのだ。あの部屋にあるバラ色の封筒と便せんを全部持ってきてしまおう。もし、手紙の主がこっそりあの部屋から封筒や便せんを盗み出して使っているとしたら、もうあんな手紙を書くことはできなくなるはず。もし、それでも手紙が来るようだったら、手紙の主はバラ色の封筒や便せんを自分の手元に保管していたということになる。

それがわかるだけでもいい。

鍵を盗み出して、雪子の部屋に入った。驚いたことに、前にはテーブルに載っていたバラ色のレターペーパーがなくなっていた！　引き出しという引き出しをあけて調べてみたが、バラ色の封筒も便せんもなかった。誰かが先に持ち去ってしまったのだ。

誰が……。ここの鍵を自由に使える寿世の可能性が高い。でも、二通めの手紙を私の部屋に置いて行くのは彼女には不可能だったのだし……。

雪子の部屋でボンヤリしているうちに、あの手紙の主が言っていたことを思い出した。雪子の真似をすればいい……。本当だろうか？　少しでも雪子に似てくれば、夫の心を取り戻すことができるのだろうか。

衣装だんすから、何枚か雪子の残して行ったドレスを取り出し、鏡台の丸い鏡の前で、それを胸にあててみた。どれも私に似合いそうもない……。でも、雪子のようにならなければ、私はいつまでたっても夫にうとまれたままだ。

鏡台のヘアブラシにからまった、亡き人の長い髪の毛に触れてみた。まっすぐで、細くきれいな髪。雪子は前髪を眉のあたりで切り揃えた、市松人形のような髪形をしていたという。横分けにして、肩まで伸びた私のかたい髪。前髪をたらして、この長さまで伸ばしてみたら、少しは雪子に似るだろうか……。

この部屋にいつでも入れるように、合鍵を作っておくことにしよう。そうすれば、もう罪悪感を感じながら夫の書斎に忍び込まなくてもいい。

十二月六日（火）
どうしてこの屋敷にとどまっているのだろう。ここにいても何もすることがない。誰からも必要とされてもいない。それなのに私は今日もここにこうして居る。どうしてこの屋敷から出て行かないのか自分でもわからない。

　ここの生活は私にとって地獄にも等しいというのに……。あのバラ色の手紙が来てからというもの、この屋敷の誰もが疑わしく、心の休まる時がない。でも、私はどうしてもあの匿名の手紙の差出人の正体をつきとめたい。ひょっとすると、ただそれだけのために私はここにとどまっているのかもしれない。

　なんだかおかしい。手紙の主は私をこの家から追い出したいから、あんないやがらせをしてくるのだろうが、そのことがかえって、私をこの屋敷に縛り付けている理由になっているなんて。

二月二日（木）
しばらく日記から遠ざかっていた。今日ふと思いついてまたペンを取った。
いつのまにか新しい年になっていた。髪がだいぶ伸びた。午後、美容院へ行って、横分けにしていた前髪を切り揃えてもらった。顔の感じが変わったような気がする。若くなったみたい。こんな髪形をすると少女の頃に戻ったような気分になる。年をひとつ取ったのに若返っていくみたい。

あのバラ色の脅迫状は途絶えている。誰が書いているにせよ、もう私をいじめるのに飽きたのかもしれない。奇妙なことに、あの脅迫状が来なくなると、なぜかあれを心待ちにしている事に気がついた。おかしな私。脅迫状を待ち望んでいるなんて……。

二月二十一日（火）

パチッパチッという鋭い音にはっとさせられる。身を切られるような音。壬生さんがバラの木に剪定の鋏を入れているのだ。

三月九日（木）

屋敷に閉じこもって本ばかり読んでいる。時々気晴らしに有美を連れて外に買い物に出ることはあっても、有美を連れ出した日は寿世の機嫌が目に見えて悪いので、なんだか気がひける。

ここは世間とまったく没交渉だ。お客など来たためしがない。あのツルバラの垣根がぐるりと館を覆って、世の中から館を孤立させている。ここに閉じこもっていると、時間の流れ方がひどくゆっくりに感じる。昨日は今日と同じで、今日は明日と同じで、明日もそのまた明日と同じで……。

時間がとろりとしたお粥《かゆ》みたいな流れ方をしている。テレビも見ないし、雑誌のたぐいも読まない。今、世の中がどういうことで騒いで、どういう風に動いているのかさっぱりわからない。夫や晶さんの話題がそういうことに触れることはないからだ。私も関心がなくなってしまった。世の中がどう動こうがどうでもよくなってしまった。

それでも、時には、叫び出したくなるような不安に駆られた。誰でもいい。誰かもっと人間らしい人たちと接触したかった。

考えた末、週に一回どこかのカルチャーセンターにでも通おうかと思いつく。前から一度やってみたいと思っていた皮革工芸の講座を受けてみようかしら。

少しは気晴らしになるだろう。

三月二十八日（火）
またバラの咲く季節が近づいている。なんだか怖い。屋敷中にバラが咲きはじめると、あのささやき声がどこからともなく聞こえてくるような気がして……。

四月十日（月）
バラの木につぼみがつきはじめた。

四月二十六日（水）

週に一度、水曜日にカルチャーセンターに通いはじめたが、期待していたほど面白くもない。講師は三十前の若い男性で、いかにもやる気のなさそうな人。いつも大幅に遅刻してきては、早々と引き上げていく。教え方も口調は丁寧だが、熱心さはまるでない。受講生はどれも五十すぎのおばさんばかりなので無理もないが。

受講生のおばさんたちと少し話してみたが、話が合わない。彼女たちの話題はご亭主と子供のことばかり。私の方には話すことがなにもない。いつのまにか、ひとりきりで窓際の席をとり、皆と離れて講習を受けるようになっていた。

若い男の講師や受講生のおばさんたちが望遠鏡で覗いた遠い世界の人たちのように見える。屋敷に居た間に私は変わってしまったのだろうか。とても不安。結婚する前はこんなことはなかった。誰とでもすぐに打ち解けて仲良くなれたというのに……。

どんどん自分の居場所がないような追い詰められた気持ちになっていく。この屋敷のなかにも、そして外の世界にも。私の居場所はどこにもない……。

じっと手を見ていると、指の先から消えていくようなはかない感じ。私はこれでも生きているのだろうか。

もうすぐ五月。屋敷のバラが咲きはじめる。

五月十二日（金）

バラが咲きはじめている。頭痛がするようになった。風邪かしら。からだのなかで何かがざわざわとざわめいている。からだの中にバラの木がいっぱい生えていてそれがざわめいているみたいだ……。

五月三十一日（水）

最近、夫の機嫌がばかに良い。今朝も洗面所でひげをそりながら鼻歌を歌っているのに出くわした。鼻歌を歌っているところを見たのはここに来てはじめて。もっとも、私がなかに入って行ったら、ピタとやめてしまったが。

夫の機嫌の良いのは、かなり咲き揃ったバラのせいかもしれない。誰の心も陽気にする季節のせいかもしれない。でも、なんだか変だ。機嫌の良いのは朝だけで、夜になると急に憂うつそうになる。何か別に理由があるような気もする……。

このごろ頭痛がする。頭の中にキリでも刺しこまれるよう。手足がだるい。屋敷中に漂いはじめたバラの甘ったるい香りのせいかもしれない。今日もからだの具合があまり良くないので、カルチャーセンターの方は休もうとも思ったが、無理をして行く。面白くない。

六月七日（水）

夕方、カルチャーセンターから帰ってみると、部屋のテーブルの上にあのバラ色の手紙が置かれていた！　私宛の他の封書に交じって。四通め！　あきらめたわけではなかったのだ。忘れていた歯の痛みを急に思い出したような気分になった。

最近、あなたのご主人のご機嫌が妙に良いのに気がつきまして？　どうやら彼には可愛いガールフレンドがおできになったようよ。あなたよりもずっと若くて奇麗な方。毎週、水曜日、あなたがお留守のときに限って、その方はお茶会に招かれて来ます。一度、お会いになってみたらいかが？

夫にガールフレンド？　私は手紙の文面に面食らった。思ってもみなかったことだ。彼が私に関心を示さないのは、未だに雪子のことを忘れかねているからだとばかり思っていたのに……。夫の心は雪子のことで一杯のはず。他の女性に関心をもつなんて考えられない。きっと、この手紙の主が私を新たに苦しめようとして、こんな嘘を書いてよこしたに違いない。でも……。夫の態度にどこかしら不審なところがあるのは本当だ。それも水曜日に限って……。
バラ色の手紙はまたひとつ私に苦しみの種をもたらした。

六月九日（金）
五通めの手紙！
今度は朝起きたら、ドアの下の隙間から中に差し入れてあった。私が眠っている間に誰かがしたことだ。

わたしの忠告どおり髪をのばしているのね。そのせいか、最近、あなたは少し雪子に似てきたわ。あなたが水曜日のお茶会に招かれてくる若い女性からご主人の関心を取り戻すには、雪子に似ることしかないのよ。髪形だけ同じにしても駄目よ。何から何まで雪子と同じでなければ。白いドレスを着なさい。白は雪子が一番似合った色。胸にレースの飾りのついた白いドレスよ。

今までになく親切めかした文面だった。でも、親切めかしたなかに、書き手のあざ笑うような悪意を感じた。でも……。

六月十二日（月）

午後、有美を連れて銀座まで出た。入りやすそうなブティックを捜したが、どこも、なんとなく二の足を踏むような雰囲気で、途方に暮れてしまった。高級品ばかり置いてある店になどめったに入ったことがないので、どうしてよいのかわからない。結局、紫色のドレスを着たマネキンがショウウインドウに飾ってある店に決めて、中に入った。入るとき足が震えたくらいだ。

二人でおどおどと店内を見回していると、すぐに、垢抜けた身なりの四十年配の女性が愛想笑いをしながら出てきた。ここのマダムだろう。さすがに一分の隙もない着こなし。マネキンが台から降りてきたのかと一瞬思ったくらい。

「何をお求めでございましょう？」とにこやかに聞かれて、私は万引の現場でも見つかったようにうろたえてしまった。場違いな所にいる。そんな気が強くした。有美もいしゅくして私の陰で小さくなっていた。

店の奥で派手な化粧をした若い女の子がなんとなく小バカにしたような顔つきでこち

らを見ていた。

「白いワンピースが。胸にレースの飾りのある白いワンピースが欲しいんですけれど」と唾を飲み込みながら言うと、マダムは頷いて、ワンピース類の吊してあるコーナーに手招きした。その中からやっとイメージにあったものを選び出した。

「試着してみたいんですが」と言うと、マダムは近くのエンジ色のビロードのカーテンを引いた小部屋を指さし、「さあ、どうぞ」と、私のそばにいた有美の肩を抱いて促した。私が有美の服を選んでいたのだと思ったらしい。「私なんですけれど」と言うと、ちょっとびっくりしたような表情になり、しかし、すぐにとりつくろうような笑顔が顔中に広がった。厚化粧をしているので、目尻にしわがひび割れのように何本もひろがった。

　白いドレスはサイズがちょうどピッタリで、鏡の前の私は十も若返って見えた。有美にも前に買ってあげた赤い靴やバッグとお揃いにと赤いワンピースを買ってあげた。ひどく高かったが、気分はよかった。

　店を出るとき、あのマダムと店の女の子が私の方を見ながらヒソヒソやっていた。場違いな客だと思ったに違いない。

　わくわくしながら、夕食のときにそれを着てみた。

夫の反応をうかがってみたが、いつもと全く同じ。無表情で私のことなど眼中にないようだ。髪形も変えたのに……。ただ、晶さんだけがさすが女性で気づいてくれた。

「良江さん。あなた、髪形を変えたのね？」

彼女は食事の最中になにげない声でそう言った。

「え、ええ、ちょっと……」

「前の方がまだましだったわよ。その髪形、ちっともあなたに似合っていないわ」

彼女の声は突き放すように冷酷だった。一瞬、舌がしびれたようになった。

「それから、その服も。白はあなたに似合わないわ。かえって老けてみえるわ」

寿世が忍び笑いをもらした。恥ずかしさで、料理の味がさっぱりわからなくなっていた。ゴムでも噛んでいるようだった。夫は無表情のままで私たちの話をまるで聞いていないように見えた。

夕食もそこそこに席をたつと、部屋に駆け込み、白いドレスを脱ぎ捨てた。涙がわいてきて止まらない。今、こうしてこの日記をつけていても、文字が涙でぼやけてしまう。

ふと、あの手紙を書いているのは晶ではないかという気がした。私をあざ笑うためにわざとあんなことを手紙に書いたのだ。

彼女は本当に歩けないのだろうか……？

七月五日（水）

あの手紙に書いてあったことは本当だった！

今日は講習のある日だったが、いったんはセンターに行ったものの、ひどく頭痛がしてきて耐えられなくなった。それに、私がこうしてここに居る間に、あの屋敷で夫は私の知らない女性と楽しく時を過ごしているのかもしれないと想像すると、とてものんきに講習など受けている気になれなくなった。

それで、早退して屋敷に帰ってみると、庭の方から笑い声や話し声がした。パーゴラの下で、夫と晶さん、それに、見知らぬ若い女性が楽しそうにお茶を飲みながら話し込んでいた。

こちらを向いていた夫がいちはやく私の姿に気がついた。私には見せてくれたこともない笑顔が消えて、とても不愉快そうな顔になるのがわかった。帰りがあまり早かったので驚いたのだろう。

こちらに背中を向けるようにして座っていた若い女性が振り向いた。目もとの涼しいきれいな人だった。とても若い。はたちくらいだろうか。ラフな服装で学生のように見えた。青と白のチェックのブラウスにブルージーンズ。男の子のように髪を短くして、きりっとした浅黒い顔。痩せていて背は私よりもずっと高そうだった。

晶さんが、その若いお客を紹介してくれた。アイザワ・カリン。カリンは花の梨と書くそうだ。

夫が私のことを「妻だ」と紹介すると、その女性はひどく驚いた風に見えた。まるで私のことを全く知らなかったとでも言うように。たぶん、そうだったに違いない。だって、晶さんがすぐに弁解するように、「兄は再婚したのよ」と低い声で付け加えたからだ。あの女性は私のことは何も知らなかったのだ。雪子のことだけ聞かされていたに決まっている。

そうでなければ、あんな目をして私のことを見つめるはずがない。その場にそれ以上いたたまれなくなって、「まだ頭痛がするから」と言って、屋敷のなかに入ってしまった。頭痛がするのは本当だった。

部屋に戻って、しばらくベッドで横になった。あの手紙の内容が本当だったことは少なからずショックだったが、同時に少し安心もした。あの若い女性は確かにきれいで魅力があった。でも、まるで雪子に似ていなかった。雪子のような白い肌もしていなければ、まっすぐな長い髪もない。背も高すぎるし、スニーカーを履いた彼女の足はとても雪子のキャシャな靴を履けるようには見えなかった。

彼女は夫の「友達」かもしれないが、それ以上の関心を夫から向けられるとは思えなかった。だって、彼女はこれっぽっちも雪子に似ていないのだから……。

18

七月十九日（水）

この頃、講習会に行く気がしない。会員の人たちがなんだか私のことを変な目で見ているような気がしてならない。教室に入って行くと、数人でかたまってヒソヒソやっていたおばさんたちが、ピタと話をやめて、うさんくさそうな目つきで私の方を見るのだ。きっと私の噂をしていたに違いない。

講師も私のことをなんとなく避けているような気がする。目が合うとあわててそらしてしまう。だんだん、あそこへ行くのが億劫《おっくう》になってきた。お金を払っているのに、少しも気晴らしにならないのだもの。今日も、我慢ができなくなって、途中で帰ってきてしまった。

こっそり屋敷に戻ってみると、庭の方で楽しそうな話し声がした。あのアイザワという若い女の子が来ているらしい。また気まずい思いをするのが嫌なので、彼らに見られないように屋敷に入り、ずっと部屋に閉じこもっていた。カーテンを閉めた薄暗い部屋のベッドの上に服を着たまま横たわっていると、庭の話し声がよく聞こえてきた。夫の笑い声。とても楽しそうな……。でも、不思議に嫉妬の感情はわかなかった。夫がどんなにあのアイザワという若い女性に好意をもっているにしても、それは雪子に対する感情とは全く別のものであることがよくわかっているから。雪子を愛したようにはどんな女も彼は愛さない。そのことが私にはわかっていた。

少しうとうとして、はっと目が覚めると、あたりは暗くなっていた。庭の話し声もしない。若いお客はもう帰ったらしい。外はひっそりしている。彼女は来週もまた来るのだろうか。彼女は何をしにここに来るのだろう。バラを見るため？　それとも……。

七月二十六日（水）

今日は講習会を休んでしまった。教室の手前までは行ったのだが、どうしても中へ入る気がしなくて、そのまま欠席してしまった。屋敷に戻っても、またあの若い女の子が来ているかもしれないと思うと、気が滅入り、街中をあてもなくぶらつく。暑い。公園の日蔭のベンチに座って、ぼんやりとする。向かいのベンチには八十くらいのお婆さんが座っていて、やはり何をするでもなくぼんやりしていた。お嫁さんと折り合いでも悪くて、うちにいづらいのだろうか。ドロンとした目で口をもぐもぐ動かしている。
ふと、目の前の老婆が私自身のような気がした。

八月十五日（火）

暑い。何もする気がしない。ここへ来てすっかり怠ける癖がついてしまった。この日記をつけるのも億劫になってきた。ノートをひらいても何も書くことがないのだもの。日記の文字が黒くうごめく蟻のように見える。こうしてペンを握っていると、蟻が手に這い上ってきそうだ……。

九月二十一日（木）

もうすぐ十月。またバラの咲く頃が近づいている。嫌な予感がする。ずっと途絶えていた、あのバラ色の手紙が来るような気がする。ひょっとすると、あの手紙は、バラ園にひそむ何者かが書いているのではないだろうか。あそこには何かが住んでいる。バラが咲く頃になると、それが目をさますのだ。
そんな馬鹿なこと。あの手紙は屋敷の誰かが書いているのだ。私のことが嫌いな誰かが。誰だろう？

九月二十六日（火）

朝、目が覚めると、あのバラ色の封筒がドアの下の隙間からのぞいていた！　やはり私の勘は当たっていた。

まがまがしいバラ色。これで六通め。

良江さん。あなたはこの屋敷にとって不要の人。よって、わたしはあなたを雪子に捧げる供物にすることに決めました。雪子もあの世でお相手ができればさぞ喜ぶでしょう。天国なんて退屈なところに決まってますものね。

三度読み返してみたが、意味がわからなかった。「雪子に捧げる供物」とはどういう意味だろう……。

やっとその意味がわかって、ぞっとした。

手紙の主は私の死を予告している！

こんなのはただの脅かしだ。そう思うことにした。でも……。

十月三日（火）

またバラ色の手紙。七通め。やはり、目がさめるとドアの下から差し込んであった。

ひ素を毎日飲むと肌が透き通るように白くなれることをご存じ？　あなたが雪子のような白い肌になれるようにわたしが手伝ってあげるわ。毎日の食事にはご用心、ご用心。

ひ素！　馬鹿げている。私はこんな脅かしを信じなかった。私を怖がらせて、この屋敷から出て行かせることが目的なのだ。

食事のなかに毒物など仕込むわけがない。そうは思いながらも、今朝は朝食が全く喉を通らなかった。頭では、毒なんか入っているわけがないと否定しても、食物を口まで持って行くと、とたんに吐き気がして、もどしそうになった。

「おや。今朝はばかに小食でいらっしゃいますこと」と、寿世が言った。あざ笑っているような声で。あの手紙を書いているのは彼女なのだろうか？

十月九日（月）

八通め！

またドアの下から。どうしたというのだろう。手紙の間隔が短くなっている。文面も最初の頃よりずっと短い。なんだか本当に怖くなってきた。短いコトバのうちに単なる脅かしではない、何かもっと書き手の差し迫った意志のようなものを感じるのは気のせいだろうか。

　毎日の食事に毒を仕込むなんて、あれは嘘。まだるっこすぎる。もうすぐあなたにも天使が迎えにくるわ。

天使が迎えにくる？　どういう意味⁉

一体誰がこれを書いているの⁉

十月十三日（金）

九通め。ドアの下。たった一行。

天使がすぐそこまで来ています！

もう我慢がならない。こんなものを手元に置いておくのにも耐えられなくなった。私は八通のバラ色の手紙を庭の焼却炉で燃やしてしまった。燃やしたところで、書き手の悪意が消えるわけでもないのに……。

怖い。

十月十五日（日）

バラが咲きはじめている。

十月十八日（水）

もしかしたら、これは……。

第三部

19

死んだ女の日記はそこで唐突に終わっていた。

私はその色褪《さ》めた青いインクでびっしりと書き連ねられた大学ノートを閉じた。

最後の日付けは、苑田良江が「自殺」した日になっている。あの日、彼女は雪子の部屋の窓から飛び下りる前に、この日記をつけていたのだ。この尻切れトンボのような文章からすると、この日記を書いている最中に、彼女の心に何かが起こったのだ。もし、あれが自殺だとしたら、発作的に彼女を死に駆り立てるような何かが……。

それは一体なんだったのだろう。

後は白いままのノートはもはや何も語ろうとしない。

ただ、この日記を読んで、ひとつだけずっと気に病んできたことが単なる思い過ごしであったことが判ってほっとした。良江の狂気に拍車をかけたのが、「夫の新しい友達」として突然現れた私の存在ではなかったかという疑惑。あの夏の日、はじめて会ったときの苑田良江の歪んだような微笑がどうしても忘れられなかった。しかし、あれは日差しの加減でそう見えたか、あるいは、あのとき彼女が酷い頭痛に悩まされていたせいで、そう見えたにすぎなかったのだ。

少なくとも、苑田良江が死を選んだことに私の存在が大きくかかわっていたわけではなかったことが判って、ひとつ重い荷物をおろしたような気がした。

彼女を死に追いやったのは、あの得体の知れない、悪意に充ちた薔薇色の手紙だったのである。

それにしても、この日記のどこからどこまでが本当にあったことなのか。苑田や晶が主張したように、殆どが良江の妄想によって成り立っているのだろうか。確かに、日記の処どころに、書き手の精神の不安定さを示すような記述があった。

カルチャーセンターの受講生がみんなで自分の噂をしているように見えるというのは、明らかに分裂症の初期症状のようだ。それに、センターにも屋敷にもいたたまれず、公園で見知らぬ老婆を前にしてボンヤリしているところは、どこか精神の歯車が狂いかけた人間の様を思い起こさせる。

でも、だからといって、この日記がすべてありもしない妄想によって成り立っていると考えてもいいのだろうか。苑田良江を死の直前まで脅かし続けた薔薇色の手紙ははたして彼女の妄想の産物だったのだろうか。

そんな筈はない！　げんにあの脅迫状と同じものを私も受け取ったのだから。

晶はこの薔薇色の手紙を一目見るなり、差出人は木崎有美だと決め付けた。でも、日記の中の「バラ色の手紙」の存在が良江の妄想の産物ではないとしたら、この屋敷の誰かが本当に良江にそんな脅迫状を出し続けていたのだとしたら、少なくともそれは有美ではない。良江になついていたという有美がそんないやがらせをするはずがないということは、日記のなかでも良江自身が確信をもって書いている。それに、苑田良江が最初に脅迫状を受け取った日、有美は彼女と一緒にデパートに出掛けており、いわばアリバイがあったことになる。

良江に薔薇色の脅迫状を送り続けたのが有美ではないとしたら、私にあんな手紙を書いてよこしたのも有美ではないということになる。

良江の日記を読んだ筈なのに、晶は何故こうは考えなかったのだろう。

もしかしたら、晶は良江の日記のことは忘れてしまっているのかもしれない。彼女があれを読んだのは、良江の死後まもなく、つまりもう一年近くも昔のことなのだから。忘れていたとしても、不思議ではない。

彼女にこの日記のことを話してみよう。

あの脅迫状を出したのが有美ではないとしたら、有美には気の毒な濡れ衣を着せてしまったことになる。濡れ衣ならば、晴らしてやらなければ。

私はそう思い立ち、ノートを手にしたまま、部屋を出た。いつのまにか夕ぐれの気配があたりにたちこめていた。秋の日はつるべ落とし。めっきり暮れるのが早くなった。

二階の廊下の西の窓から夕日が斜めに鋭く差し込んでいる。

階段を降り、人気のない、妙に静まり返ったホールを横切って、晶の部屋へ行った。

ドアをノックすると、「だあれ？」とけだるそうな彼女の声。

「花梨です」

やや間があって、「どうぞ」という返事にドアを開けると、晶は開いた窓のそばで、車椅子の背にぐったりと身をもたせかけ、夕日を浴びた薔薇園を眺めていた。

車椅子の手すりに何気なく添えられた華奢な白い手が、この上なく精緻な美術品のように見える。

こちらに見せた整った横顔には、暮れかけた日のせいもあって、なんともいえぬ憂愁の陰が宿されていた。こうして生きて息をしていることに倦み疲れたとでもいうような。彼女は一生このまま歩けないのだろうか。ふとそんな思いが胸をよぎった。

「なにか？」

彼女はゆっくりと細い首を私の方にめぐらせた。

「さっきの手紙のことですけれど、あれは有美さんの書いたものではないと思うんです」

「手紙？」

晶はそう言って、ちらと視線を私の手に握られている大学ノートに走らせた。

「あの薔薇色の」

「ああ、あれ」

気のない声だったが、何故か私には彼女があえて忘れた振りをしているような気がした。

「あれが何ですって？」

「有美さんが書いたものではないと思うんです」

根気良くもう一度繰り返した。

「どうしてそう思うの？」

「亡くなった良江さんの日記からです」

「有美がわざわざ見せに来たのね」

たぶん、寿世が報告したのだろう。部屋を出るとき、あの家政婦が稲妻のような視線をテーブルの上の日記帳に注いだことを思い出した。

「良江さんもあれと同じ手紙を何度も受け取っていたんです。死の直前まで。でも、あれを書いたのは有美さんではありません。これをもう一度お読みになればわかります」

私は晶の記憶を甦らせたくて、ノートを差し出したが、彼女はうるさそうに手で払った。

「改めて読まなくても覚えているわ。良江さんがそこに書いたことはみんな妄想にすぎないのよ。薔薇色の手紙など誰も彼女に書かなかった。あの人は受け取ってもいない手紙を受け取ったかのように日記に書き綴っていただけよ。その証拠に、彼女が受け取ったという薔薇色の手紙を誰も見ていないのよ。遺品のなかにも何もなかった。当たり前だわ。最初からそんなものはなかったんだから。すべてが狂った女の空想の産物」

晶は断定的な口調でそう言い切った。しかし、良江の遺品のなかに手紙類が見付からなかったのは、あの日記によれば、彼女が死の直前に焼却炉で全部燃やしてしまったからなのだが……。

「でも、それならば、どうしてわたしのところにあんな手紙が」

あれは実在するもので空想の産物ではない。

「だから、あれは有美が書いたものだと言ったでしょう。あなたは良江さんの日記に出て来る手紙とあなたが受け取った手紙とが同一人物の手によって書かれたと思い込んでいるようだけれど、そう思い込む根拠はなに？　単に同じような封筒に便箋、同じようなスタイルで書かれているからというのにすぎないのでしょう？　良江の日記を読んだ誰かが、あのなかの手紙を真似して、あんな手紙を作ったとは考えられないかしら。それが出来たのは有美しかいないわ。良江が死んだ後、あの子はあの日記を手元に置いていたのだから、何度も読み返すことができたはずよ。そのうち、兄の三番めの妻としてあなたがこの屋敷にやって来た。良江になついていた有美としてはあなたのことが面白くなかった。それで、日記のなかの手紙を真似して、あなたをちょっと脅かすことを思いついた。真相はそんなところよ」

晶はこともなげに言ったが、そんな単純なものだとは私にはとても思えなかった。

「でも、あの薔薇色の封筒や便箋は雪子さんの部屋にあったものなのでしょう？」

「似たようなものを有美がどこからか手に入れたのかもしれないわ」

「そうでしょうか。見たところ、ずいぶん凝った作りで注文でもしなければ、とても市販では手に入らないような品に見えましたけれど」

「まあ、そう言えばそうね……」

晶はやや鈍い口調で譲歩するように呟いた。

「寿世さんはあれが雪子さんの部屋にあったものだと認めてましたけど」

曖昧な認め方だったが、認めなかったわけじゃない。

「寿世が認めたなら、そうなんでしょう」

と、こちらも渋々認めた。

「としたら、有美さんが書いたとはやはり考えられません」

「どうして？」

晶は質問の形を取りながらも、その答えが既に判っているとでもいうような気のない顔付きで訊いた。

「だって、雪子さんの部屋はいつも鍵がかけられていたのでしょう。鍵を持っていない有美さんには中に入ることができないじゃありませんか」

「サロンの戸棚に鍵がしまってあるわ。それをこっそり使ったんじゃないの？」

「でも……」

「とにかく、あれは有美の仕業よ。有美以外に誰があんなことをするもんですか。この家のものはみんなあなたに好意をもっているんですからね。良江の日記に出て来る薔薇色の手紙なるものは妄想の産物。あなたが受け取った方は有美のしわざ。そういうことなのよ。ただ、妄想の産物といっても」

晶はそう言いかけて、ふと視線を宙に浮かせた。

「良江は本当にあの手紙を受け取っていたのかもしれないわ……」

「え？」

「と言っても、屋敷の誰かが書いたという意味じゃないわ。彼女自身が書いていたのかもしれないということよ」

「彼女自身？」

「そう。良江が自分宛にあの手紙を書き続けていたのかもしれないわ。自分の書いた脅迫状に自分で震えあがっていたのよ。狂気からくる一人芝居ね」

「そんなことって……」

「ありうることよ。彼女の人格は分裂していた。無意識のなかに眠っているもう一人の自分が意識のなかにある自分に向かって段々攻撃的になっていったのよ。彼女は自分でも気がつかないうちに、全く無意識のうちに、もう一人の自分に向かって、あんな手紙を書き続けた。そして、書いたことをすっかり忘れてしまい、自分で書いた手紙を読んで誰かに脅かされていると思い込んだのよ。真の敵はうちなる自分だということも知らずに。そういうことも考えられるわ。全くの妄想というよりも、この方が本当かもしれない」

「それでは、雪子さんの部屋に入って、封筒や便箋を盗み出したのも？」

「彼女自身ということになるわね」

晶のこの推理は、日記のなかの「バラ色の手紙」を単なる良江の妄想と決め付けるよりは説得力があった。しかし、私にはこれでも何か今ひとつ納得できないものがあった。それが何かということは言葉では言い表し得ないのだが……。何か違う。どこかが違うのだ。

「わたしの記憶では、その日記のなかで彼女は手紙の書き手が特定できないことに苛立っていたわね。いつも同じ手だから同じ人物によって書かれているはずなのに、その人物が特定できない。そのことに恐怖を感じていたのね。でも、それは当たり前だわ。手紙を書いていたのは彼女自身なのですもの。まさか自分を疑いはしなかったでしょうから。いわば、あの脅迫状は、まさしく彼女の自殺願望の表れだったのよ。そして、日記を読んだ有美がそうとは知らずに、あの手紙をあなたを威す材料に使おうと思いたった。どう？　これなら納得がいくんじゃない？」

「ええ……」

　曖昧に頷いたものの、胸のうちがスッキリと晴れたわけではなかった。それどころか、いよいよどす黒いモヤモヤした得体の知れないものが湧きあがってくるのを感じた。晶の推理はどこかおかしい。どこがどうとは言えないのだが……。

「それにしても、有美も古い日記なんか持ち出して来たところを見ると、本当に反省したわけじゃないみたいね。わたしからもう一度きつく釘をさしておいてやろうかしら」

　そう言って、晶は今にも車椅子を動かしかねないような動作をしたので、私は慌てて止めた。

「それはやめて！　もういいの。済んだことだから」

「そう？　あなたがそれでいいと言うのなら……」

　晶はやや怪訝そうな表情のまま、車椅子の操作レバーから手を離した。

「あの手紙のことはもう忘れることね。それから、しつこいようだけれど、兄にはこのことは言わない方がいいわ。よけいな心配はさせたくないでしょう？」

「ええ」

　その点では私の考えも同じだった。苑田に手紙のことを話すつもりはなかった。

　義妹の部屋を出て、二階に戻るため、階段を昇りかけたが、ふと思い付いたことがあって、サロンに引き返すと、戸棚の引き出しを開けてみた。

案の定、屋敷の鍵類はひとつの金属の鐶にまとめて保管されていた。良江の日記にあった通りだ。鍵にいちいち部屋の名称は付いていないから、これを管理している寿世には、一目みただけでどれがどこの鍵だか区別がつくのに違いない。

しかし、木崎有美にその区別がついただろうか。彼女が雪子の部屋から、あの薔薇色の封筒や便箋を盗み出すには、あの部屋の鍵を手に入れなければならないのだ……。

私にはどうしてもあれが有美の仕業だとは思えなくて、サロンを出ると、のろのろと階段を昇った。

何か心の奥にひっかかっているものがある。魚の小骨のように、薔薇の棘のように。それは何だろう。

部屋に戻り、もう一度死んだ女の日記を処どころ拾って読み返しているうちに、それが何であるか、やっと気がついた。

十二月五日の記述だ。この日、良江は苑田が大学に出掛けるのを待って、再び書斎から鍵を盗み出し、雪子の部屋に入っている。そして、そこで、前には見かけた薔薇色の封筒や便箋が既になくなっていることを発見しているのだ。

良江の日記のこの記述を信じるならば、このときにはもう雪子の部屋にはあの封筒も便箋もなかったことになるではないか。あとで有美があの部屋に忍び込んでも、封筒や便箋を手に入れることはできなかったはず！

あれが有美の仕業だというなら、どうやって薔薇色の封筒や便箋を手に入れることができたのだろうか。

唯一考えられるのは、有美が譲り受けた良江の遺品のなかに紛れこんでいたという線だ。もし、晶の言うように、良江の分裂したもうひとつの自我が無意識のうちにあの脅迫状を自分宛に書いていたのだとしたら、雪子の部屋から封筒や便箋を盗み出したのも、良江自身だということになる。それが、彼女の死後、他の遺品に紛れて有美の手に渡った、ということだろうか。

でも、おかしい。良江の遺品は有美に渡される前に、「自殺」の原因を探るために警察の手であれこれ穿鑿された筈だった。あのときは、苑田や寿世も立ち会っていた。良江が密かにあの封筒や便箋を所持していたとしたら、そこで人目に触れないわけがないではないか。

それとも、やはり良江が日記にありもしないでたらめを書いたのだろうか。なんのために⁉ あの日記の文章からは、書き手の精神の不安定さをかすかに感じ取ることはできても、全くのでたらめを書くほどの狂気は感じられなかった。狂気による妄想というならば、もっと支離滅裂な書かれ方がしてあるのではないだろうか。

良江の文章は理路整然とまではいかなくても、少なくとも理性は決して曇ってはいない、そんな人物の手によるものという印象があった。

私は死んだ女の日記を膝の上に開いて載せたまま、考え続けた。

苑田良江は本当に薔薇色の脅迫状を受け取っていたのか。もし、この日記に書かれていることがすべて真実だとしたら、「誰が」彼女にそんなことをしたのか。そして、その人物は今度は新しい標的に私を選んだのか。何故⁉　なんのために⁉

最後に脳裏に閃いた疑問に総毛だつ思いがした。

良江は本当に自分から飛び下りたのだろうか。

私は見た。あの日、良江が窓から落ちる直前、何かに驚いたように後ろを振り返るのを。彼女はあのとき何故後ろを振り向いたのだろう。まるで、誰かが部屋に入ってきたとでもいうように。そのあと、彼女はもがき泳ぐような奇妙な動作をしたかと思うと、真っ逆さまに下に落ちたのだ。

あれは自分の意志に反するような落ち方だった。誰かに後ろから突き落とされたとでもいうような。

しかし、私をぞっとさせたのは、あのとき、窓辺には良江以外の人影をまったく見なかったということだった。窓に見えたのはみぞおちのあたりから上を出した苑田良江の白いワンピースの姿だけだった。私はなにも誰も見なかった。良江が誰かに突き落とされたとしたら、凍りついたようにあの光景を見ていた私の視野に、犯人の姿がちらとでも入っていた筈だ。

それに内鍵がかかったままの部屋。良江が殺されたのだとしたら、犯人はどうやって逃げることができたのだろう……。

考えれば考えるほど、判らなくなっていく。でも、ひとつだけハッキリしていることがあった。

それは私がこの屋敷の誰かに酷く憎まれているということだった。

20

火曜日の朝。有美が運んでくれた朝食をベッドの中で食べながら（ベッドで朝食をとるなんて外国映画のなかだけの出来事だと思っていた）、昨夜思いついたことをどうやって実行に移すか私は考えていた。

もう一度あの雪子の部屋に入ってみるのだ。果して薔薇色の封筒や便箋がまだ部屋にあるかどうか。もし部屋に封筒や便箋があれば、苑田良江の日記そのものが疑わしいことになる。でも、もしなかったら……。

苑田は今日も外出している。勤務先の大学から、帰りは出版社に寄ると言っていたから帰りは遅くなるだろう（今まで半ば道楽で書きためた薔薇にまつわる話を来春ある文芸出版社から一冊の本にして出す計画があるのだという）。今日を逃したら、また次のチャンスまで一週間近く待たねばならない。寿世に頼んであの部屋を開けて貰う気はなかった。良江がしたように、良人の書斎から鍵をこっそり盗み出し、あの部屋に入ってみるつもりだった。

私が雪子の部屋に出入りすることは、苑田も晶もあまり望んではいないことだから、彼らに知られずに実行する必要がある。

朝食を終えると、素早く身支度し、汚れたお皿をそのままにして（後で有美が取りに来ることになっている）、寝室を出た。

朝といっても、とっくに十時を廻っている。階段の踊り場に色硝子の窓から差し込む日差しは既に昼のぬくみを感じさせた。サロンは掃除を終えてがらんと静まりかえっていた。暗色のクラシックな調度類は天鵞絨の背を見せて柔らかな日の光にまどろんでいるように見える。

西欧風のサロンに唯一東洋的な趣を添えているのが、竜笛を吹きながら舞っている迦《か》陵頻伽《りょうびんが》——女の顔に、優美な鳥の下半身をもち、美しい声で歌うという極楽に住む天女——を描いた古びた屏風だ。宙に漂う天女の足元には、牡丹に似た紅い花があでやかに咲いている。庚申薔薇に違いない。

寿世の姿はない。晶もこの時間帯なら、まだベッドの中だろう。

ホールを抜けて苑田の書斎に行った。彫刻を施した樫の扉をそっと開ける時の蝶番の秘密めいた軋り。日記のなかで良江が感じたような罪悪感に胸が高鳴った。

東側の窓は厚いカーテンで覆われ、書斎には最近使われてないことを示すような冷えとした雰囲気があった。穴蔵に落ち込んだように暗い。古書の匂い、革表紙の匂いの入り混じった良人の聖域。

仮眠用の革の長椅子も、暫くお勤めを果していないらしく、手を触れると、表面を覆っていた埃の汚れが指をうす黒くした。

机の上には書きかけの原稿用紙が散乱しており、風変わりな文鎮で押えてあった。頬杖をつき、垂れた両瞼の隙間からシニカルな微笑を覗かせている牧羊神の上半身を象《かたど》ったものだ。文鎮の傍らには万年筆が転がっていて、原稿の一番上には黒のインクで書きなぐったような題名。『ヘリオガバルスの薔薇』とある。来春、出版するという本の原稿の一部だろうか。原稿の片隅には、内容とは関係なさそうな落書きがしてあった。

ゆくてを塞ぐ邪魔な石を
蟾蜍《ひきがえる》は廻って通る

なるべく音をたてないようにして、机の引き出しを一番上から開けてみた。良江の日記の中には、この机の二番めの引き出しに人毛の鬘がしまってあったと書いてあったが、ノート類があるだけで、鬘などはどこにもなかった。

三番めの引き出しに、開かずの間のものらしい鍵が保管されていた。それを取り出すと、そうっと引き出しを閉めた。三番め。これを忘れてはいけない。使ったあとで同じ場所に戻しておかなければ、のちに苑田が不審に思うに違いないから。

鍵を握り締めたまま、書斎を出た。まだ胸の動悸がおさまらぬまま、サロンまで来て、ドキリとして立ち止まった。人影があった。

壬生だった。テーブルの上の花瓶に薔薇を挿していたのだ。壬生は人の気配に振り向くと、かすかに笑いを浮かべた表情で、私に軽く会釈した。

「ピースをどうも有り難う。とても奇麗よ」

昨日のことをふと思い出してそう言うと、壬生は無言のまま満足そうに頷いた。微笑を浮かべそうになって、妙なことに気がついた。昨日、晶の部屋から戻って、あの薔薇色の手紙を見付けるまでの間に、私の部屋に入ったのは郵便物を届けに来た寿世だけではなかったことに。花瓶にピースが飾られていたということは、この園丁も部屋に入ったことを示しているではないか。

壬生にもあの手紙をテーブルに載せる機会があったことになる。でも、まさか、この人が……。父が好きだった黄薔薇をそっと部屋に飾っていってくれる心遣いの持主と、あの悪意に充ちた匿名の手紙の差出人とではあまりに違いすぎる。

そんなことを思いながら、階段を一段ずつ昇った。

あんな手紙のおかげで、屋敷の人々を疑わなければならなくなったことにやり切れない腹立たしさをおぼえながら。

封印された部屋のドアに書斎から盗み出してきた鍵はピタリと嵌まった。カチリと鍵の廻る音にもびくびくしながら、私は雪子の部屋に入った。苑田良江も今の私とまったく同じ気持ちでこの部屋に入ったに違いない。そう思うと、良江という女にはじめて親近感のようなものを感じた。

雪子の部屋もカーテンに遮られて暗かった。が、昨日のようにカーテンを開けて外の光を入れるわけにはいかない。外から誰が見ているか判らないからだ。寿世が庭に出ているかもしれない。

　日記のなかでも良江がこう考えていたことを思い出して苦笑した。

　凝った造りの優美な調度類が薄暗闇に蹲《うずくま》っているような部屋のなかを足音を忍ばせて歩いた。幽《かす》かに漂う薔薇の香り。光の溢れる庭やサロンで香る薔薇には明るい日向くささがある。しかし、眩しさの届かないしめやかな暗がりの方が、薔薇本来の神秘的な、より陰影の濃い香りを感じさせてくれる。

　それはポプリの匂いというよりも、部屋そのものに染み付いた匂いという気がした。カーテンにもベッドカバーにも衣装戸棚のなかの数々の衣類にも……。

　鏡台の上の形も色も違う香水壜が暗がりのなかで妖しい煌《きら》めきを見せている。

　私は小机の引き出しから鏡台の引き出しと、封筒や便箋のしまってありそうな所を手当たりしだいに探ってみた。が、どこにも、薔薇色の封筒も便箋もなかった！

　良江の日記に書いてあったことは本当だったのだ。

　カチッと小さな金属音が響いたかと思うと、涼しいオルゴールの音が突然流れた。箪笥の上の金色のからくり時計が動きはじめたのだ。誰かが（たぶん寿世だろうが）時計のネジを巻いておいたのだろう。

薄暗闇を縫うように流れるかぼそいメロディ。古風な音色に合わせてクルクル廻るからくり人形。

そのとき、ふと、人の気配を感じて私はぎょっとした。誰かいる。

はっとして見ると、それは鏡台の暗い丸い鏡に映った自分の顔だった。ちょっと驚いたように白目を光らせてこちらを見ているその顔は、一瞬見知らぬ他人のように見えた。

自分の顔に脅えるなんてどうかしている……。

私は鏡の前に近付いて自分自身と対峙した。顔の背後に窓が映っている。思わず頭に手をやる。髪がだいぶ伸びていた。このくらいになると、いつも行きつけの美容院でカットして貰っていたのだが。このあたりに良い美容院があるだろうか。いっそこのまま伸ばしてみようか。

今までに髪を伸ばしたことがない。うなじまで、肩まで、伸ばしてみたら印象が変わるだろうか……。

少しは雪子に似てくるだろうか。

からくり時計の音楽も止み、人形も動かなくなった。

ナルシスのように暗い鏡の中の自分を見詰めていた私は我にかえった。こんなところにいつまでも愚図愚図してはいられない。あの家政婦が掃除のために何時入《いつ》ってくるか判らない。それに、この部屋には何かある。晶がここを「魔法の部屋」だと言ったが、その通りだ。あまり長く留まっていると、もう外に出るのが厭になるような、いったん外に出てもまた入ってみたくてたまらなくなるような、何か人の心を吸い寄せる奇しき力が部屋にはあった。

薔薇の香りかもしれない。あるいは贅沢で古風な調度品のせいかも。それとも、ずっと昔に死んだ亡き人の今尚残る気配のようなもの……？

この部屋にはまだ雪子の霊が生きている。

扉をそっと開け、見えない手で襟がみをつかんで引き戻されるような感覚に抗《あらが》いながら部屋の外に出ようとして、私はもう一度未練がましく中を振り返った。

あの窓。

南に面した大きな白い枠の出窓。

雪子と良江が落ちた窓。

もし良江の死が自殺ではないとしたら、誰かに背後から突き落とされたのだとしたら、その犯人は異様な程背丈が低かったことになる。子供か侏儒《こびと》だ。やはりありえない。この家には子供も侏儒もいないのだから……。

首を振って奇怪な空想を払うと、私は扉を後ろ手に閉めた。

階段を足早に降り、苑田の書斎にとってかえした。サロンに壬生昭男の姿はもうなかった。首尾良く書斎に入り込み、盗み出した鍵を机の三番めの引き出しに戻すと、書斎を出た。これまでの行為を誰にも見られずにやりおおせた安堵感でほっと一息ついた。厄介な重労働を終えた後のような気分だった。

二階の部屋に戻ってくると、なんとなくぐったりして椅子にへたりこんだ。もう二度とあの部屋には入るまい。そう決心していた。あれは麻薬のように心を冒す部屋だ。あの部屋のことばかり考えていたので、テーブルの上に載っていた封筒に暫く気がつかなかった。

薔薇色の封筒だった。

黒のインクで書かれた下手な宛名。飛び付くようにして封を切ると、あえかに立ちのぼる薔薇の香りと共に、こんな文面が私の目を射た。

良江さんの死が自殺ではなかったと知ったご気分はいかが？　どうやって殺したかですって？　勿論彼女の背中を後ろから押したのよ。でも、良江が飛び下りた部屋のドアには中から鍵がかかっていたとおっしゃりたいのね。どうやって鍵のかかった部屋からわたしが外に出たかは、ご想像におまかせするわ。そんなことわたしには造作もないことなの。

わたしの正体を知りたければ良江の残した日記を何度も読み返すことね。誰も気づいていないけれど、あの女の日記のなかにはわたしの正体を知る重要な手掛かりが残されているのよ。

さあ、あなたとわたしの知恵比べのはじまりよ！

早くわたしを見付けてごらん。そうしなければ……。もうおわかりね？

わたしがあなたをつかまえるわ。

21

手紙の主は私が良江の日記を読んだことを知っている！

それを知っているのは、きのう日記を持って来た有美と、その後部屋に入ってきてテーブルの上の日記帳に目を留めた寿世、それに晶の三人だけだ。

それに、手紙の主自身が良江の日記を既に読んでいることもこれでハッキリした。良江の日記を読むチャンスがあって、しかも、その日記が今私の手元にあることを知っている人物……。

良江の日記を読んだのは苑田と晶と有美だけのはずだ。ただ、昨日、雪子の部屋であの家政婦は「良江の日記は読んだことはない」と言っていたが、寿世が日記を読んでいる可能性は充分ある。あの老獪な家政婦はそれを隠しているだけかもしれない。

しかし、園丁の壬生が良江の日記を読んでいる可能性は低いような気がする。壬生は屋敷の者といっても住まいが違うし、家族同様の寿世ほどこの家の中のことに詳しくはない。

やはりあの園丁が匿名の手紙の書き手という線だけは考えられない。私が雪子の部屋に居た間、ほんの二十分くらいのものだろうか、サロンに居た壬生がこの手紙をテーブルの上に置いて行くチャンスはあったかもしれないが、彼には良江の日記のことを知る機会はなかった筈だからだ。

壬生を疑うことだけはしなくていい。あの人は関係ないのだ。そう思うと僅かに心が休まった。一度話しただけの亡父の好きな薔薇のことを覚えていてくれた園丁を疑うのはあまりにもやり切れなかった。

それにしても、誰が何のためにこんなことをし続けるのか。

最初の手紙は晶が破いて捨ててしまったので、つき合わせて較べて見ることは出来ないが、明らかに同じ封筒、便箋、金釘流を装った筆跡も同一人物の手によるものと考えてよさそうだ。

良江はこんな手紙を九通も受け取っていた。この犯人の執拗《しつよう》さは尋常ではない。単なるイヤガラセと受け取るにはしつこすぎる。

二通めの手紙にあるように、犯人は本当に苑田良江を窓から突き落として殺したのだろうか。それならば、何故、あのとき私は犯人の姿をちらとも窓辺に見ることができなかったのだろう。それに、鍵のかかったままの部屋。

神経を集中して、あの日のことを思い出そうとした。

苑田良江が窓から落ちた前後のことは昨日のことのように鮮明に覚えている。でも、あのあと何がどうなったのか、私の記憶は白い靄《もや》がかかったようになって、ハッキリと順序立てて思い出すことができない。

鋭い悲鳴を聞いたような記憶があるが、それが落ちた女のものだったのか、あるいは私自身があげたものだったのか、それすら定かではない。

良江の死を目の当りにした衝撃が強すぎて、あとの出来事の記憶はもどかしいほどに欠落していた。ちょうど強い光をあてた所の周りが一際暗くぼやけてしまうように。もうひとつ鮮明な記憶があるとすれば、警官が二人で雪子の部屋の施錠されたドアを体当りで破った時のことくらいだ……。

あの状況のなかで、良江を突き落とし、部屋のドアを中から施錠したまま外に出ることが誰かに可能だったか。私にはどう考えても不可能だったとしか思えない。

良江の死はやはり自殺だったのだ。ただ、彼女の神経を執拗に痛めつけて、発作的な死を選ばせた要因は、この薔薇色の手紙にあったことは確かだ。とすれば、手紙の書き手は間接的に彼女を殺したも同然ということになる。

見えない悪意の手が苑田良江を窓際まで追いつめ、立たせ、ついにはその背中を死の闇に向けて押したのだ。

私はもう一度日記を開いて読み返してみた。

この日記を繰り返し読めば、「わたしの正体がわかる」と犯人自らご親切にも教えてくれている。

何度読んでも気になるのは、やはり最後の行、彼女が死んだ日の記述だった。この途中で書くのを止めたような、プツンと糸の切れたみたいな短い文章。ちょうど書いている最中に何かを思い立ったか、それとも、誰かが部屋に入ってきたので中断を余儀なくされたか、そんな途切れ方……。

書かれざる空白のページに一体何が起こったのか。

「もしかしたら、これは……」

良江は何かに気づいたのだ。そして、そのことを頭に浮かぶまま文章にしようとした。しかし、それを書き終える前に、中断せざるを得なくなった。

彼女自身が何かを確かめるために、記述をいったん中止したのだろうか。それとも……。

私には、彼女がこの日記をここまで書いた時、部屋に誰か入ってきたという気がしてならない。そして、その人物との間に何かがあり、苑田良江は雪子の部屋に行き、窓から飛び下りた……。

ふと、そんな構図が脳裏に閃いた。その人物というのが、あの薔薇色の手紙の主ではなかったか。

良江の死が自殺だとしたら、こういう考え方もできる。

でも、もしあれが自殺ではなかったとしたら……。

そのとき、ドアがノックされたので、私は慌ててテーブルの上に載せていた手紙を日記帳のなかに挟みこんで隠した。

ドアの向こうにいるのが家政婦だったら、有美のためにも、二通めの脅迫状を受けとったことを知られるのはまずいととっさに思ったからだ。

しかし、ノックの主は木崎有美だった。

「あの、お部屋の掃除をしたいんですけれど……」

ドアを開けに行くと、太さの違う三つ編みを両方の耳の下から突き出して、少女は戸口に佇んでいた。

「ああ、それはご苦労さま」

有美は掃除機を重たそうに提げたまま中に入って来た。この子があの手紙の書き手であるという疑惑が完全に消えたわけではなかったが、二通めの手紙のことは黙っていることにした。もし彼女がこの件に何のかかわりもなければ、徒らに心配させても可哀そうな気がしたからだ。

有美が掃除機のコードを引っ張り出すのをなんとなく見ながら、あの日のこと、良江が死んだ日のことをこの少女はどの程度覚えているだろうかと、ふと思った。良江の死を目の当りにしたショックで薄れてしまった、あのあとの出来事も、この子なら何か覚えているかもしれない。

「ねえ、有美さん。良江さんの亡くなった日のことだけど、あなた、よく覚えてる？」

何気ない声を作ってそう問いかけると、少女は不安そうな目付きで私の方を見た。

「前の奥様が亡くなった日のことですか？」

「そうよ。良江さんが窓から飛び下りて、警察が来るまでのこと」

今は有美の記憶が頼りだった。しかし、少女は力なく頭を振った。

「あたし、あの日のことはなにも。ちょうどあの頃買い物に出ていましたので。帰ってきたら、もう警察の車が表に停まっていて……」

有美はそれだけ言うと、掃除機のスイッチを入れた。ガーと無神経な音が部屋を占領する。もう何を訊いても無駄のようだ。

そう言われてみれば、あの日、赤く凶々しいランプの灯ったままの救急車の傍らに、買い物袋を抱えた有美が茫然と立ち尽くしていたのを見たような記憶がかすかにあった。彼女は私以上にあの日起こったことは何も知らないのだ……。

「この日記、もう暫く貸してくれない？」

日記を下のサロンで読みかえすために小脇に抱えて立ち上がりながら、掃除機の音に負けないように大声で言った。

有美は掃除機を動かす手を止めずに、大きく頷いた。

日記帳を持って部屋をでると、サロンに降りてきたが、寿世が居たので、そのまま玄関まで行き、良江の日記は薔薇園を見渡せる庭のパーゴラの下でゆっくり読み返すことにした。

庭に出ると、白い薔薇の花びらが散りかかっているテーブルに頰杖をついて、日記をまた最初から丹念に読みはじめた。

消去法を使って、あの手紙を良江の部屋に置いて行くのが不可能だった人物から除去していってみよう。

良江がこの屋敷に来て、はじめて薔薇色の匿名の手紙を受け取ったのが、十一月七日、有美とデパートに出掛けて帰ってきた日のことだ。このとき、あの手紙を良江の部屋にこっそり置いておくことが出来なかったのは、有美と、その日は大学にいた苑田の二人。この二人は除外していい。

次の手紙を受け取ったのが十一月二十二日。このときは良江と一緒に晶のバースディケーキを台所で作っていたという寿世にアリバイがある。

三通めは十二月二日。今度は園丁の壬生にアリバイ。壬生は他のことを考え併せても除外できる。

後の手紙はすべて良江が眠っている間に部屋のドアの隙間から差し込んであったものだから、屋敷の誰にでもそのチャンスはあったことになる。

こうして見ると、すべての場合に完全なアリバイがないのは晶だけだ。でも、彼女は、歩けない。二階の良江の部屋に手紙を置いて来ることは、いつの場合でも彼女には不可能だった。歩けないということが彼女のアリバイなのだ……。

しかし、彼女は本当に歩けないのだろうか？

凶鳥が舞い降りて、胸に黒い巣をつくった。

22

暗く長い廊下が巨大な蛇のようにくねっていた。

両側から迫るように聳え立つ壁には、奇怪な面やグロテスクな絵が廊下の果てまで続いている。私は迷路の中を行くような心細さで歩いていた。

晶の部屋を探しているのに、どうしても見付からない。居並ぶ部屋の扉をひとつひとつ開けて進みながら、この屋敷は何時《いつ》からこんなに異様に長細くなったのだろうと訝っている。

それでも、やっと行き止まりにきて、そこには奇妙に歪んだ扉があった。晶の部屋だ。迷路から抜け出た安堵感でほっとしながら、扉を開けた。

廊下の暗さが嘘のように中は明るかった。光が充ち溢れて眩しい程だ。部屋には誰もいない。車椅子が空のまま部屋の真ん中に放り出されている。晶の姿はどこにもない。

窓が大きく開け放たれていて、白い薄紗のカーテンが風を孕《はら》んでふわりふわりと舞っていた。

そのカーテンの躍る影が向こうの白い壁に奇怪なだんだら模様を作っている。

「晶さん……」

私は声に出して呼んでみた。彼女はどこに行ってしまったのだろう。歩けない筈なのに。車椅子はそこにある。松葉杖も片隅に立て掛けたままだ。

どこへも行けない筈なのに……。

不思議に思いながら、ふとベッドの方に視線を走らせ、思わず拳を口にあてた。口から迸《ほとばし》り出そうになった悲鳴を噛み殺すために。

ベッドの上に真昼の光を浴びてごろんと無造作に転がっていた二つの物体《オブジェ》。

人間の脚だった。

大腿部から切断された二本の脚。

女の脚だ。

薄絹の黒いストッキングをつけ、紅い靴下留め、黒いエナメルの靴を履いていた。

爪先の尖った靴に見覚えがあった。晶の脚だ。いつもすっぽりと毛織の膝掛けで覆われていた彼女の脚。

震える指で触ってみると、それは冷たい義足だった。

晶の脚は義足だったのだ。

開いた窓から入ってきた蜜蜂が部屋のなかを執拗に飛び交い、やがて、嘲笑うように投げ出された脚の、天井を向いた爪先にとまった……。

そのとき、扉の向こうから奇妙な音が聞こえてきた。小さな、あるかなきかの物音。

サラサラという音。

衣ずれのような……。

衣ずれ？

何故？

誰もそんな長いスカートをはいてはいない。

扉の前でその音がピタリとやんだ。

重苦しい沈黙。

扉を挟んで互いに相手の気配を窺《うかが》っているような。

ドアのノブがゆっくり廻った……。

恐怖が私の首筋を這い上がった。

来ないで！

入って来ないで！

そう叫ぼうとしても、喉がカラカラになって声が出ない。

いつのまにか扉は施錠されていて、扉の向こうでもどかしげに何度もノブをガチャつかせていた。

私は開いた窓から外に逃げようとした。ここは一階だから庭に逃げられる。

でも、窓に駆け寄り、すがりついて、眩暈《めまい》に襲われた。

一階じゃない！

眼下に薔薇園が広がっていた。広大な薔薇園が小さな花束みたいになって。

箪笥の上のからくり時計のオルゴールが突然鳴り出した。人形たちが狂ったように踊り出す。鼻やほっぺたの欠けた、厭な目付きの古びた人形。

私は窓にしがみついたまま、後ろを振り返った。

キーンと錠の跳ね上がるような音がして、扉が静かに開いた。

扉を開けて入って来た者……。

扉のノブの横に彼女の顔があった。

その瞬間ふわっとした浮遊感があった。

地中に吸い込まれるような感覚。

墜ちる……。

目が覚めたとき、寝間着が膚に吸い付く程に汗をかいていた。ベッドから上半身を起こして、暗闇のなかでポッカリ目をあけていると、心臓の高鳴るドクンドクンという音が耳の中から聞こえてきた。

夢だった。酷い悪夢だ。夢だと判っても、なかなか動悸がおさまらなかった。

意識が鮮明になるにつれて、何故こんな夢を見たのか判った。

昼間、薔薇のパーゴラの下で、苑田良江の日記を読みながら感じた疑惑に、無意識の裡に自分なりに答えを出していたのだ。それが夜恐ろしい夢となって現れた。

晶は本当に歩けないのだろうか？

もし、彼女が歩けるとしたら……？

そして、もし、彼女のいつも膝掛けで覆われている脚が義足だとしたら？

義足をはずした彼女の背丈は子供のように低くなる……。

それが、私が一年前、良江が雪子の部屋の窓から落ちた瞬間、窓に人影を見なかった理由だとしたら……。

足をうしなった晶の背丈はあの出窓の枠を越えることはできなかったのだ……。

良江に薔薇色の手紙を出し続けていたのは彼女。そして、良江を窓からつき落としたのも……。

私は無意識の裡にそんなことを考えていたらしい。

でも、馬鹿げている！

そんなことが現実にあるわけがない。あまりにも奇怪な妄想だ。悪夢以外の何物でもない……。

首筋にぞくっとするような悪寒をおぼえた。悪夢の余韻だけではなかった。寝汗で湿った肌着に冷気が忍びこんだ気味の悪い感触と共に、隣に寝ている筈の良人の姿がないことに気がついたからだ。

枕にへこみがなく、寝た気配がない。ふと見ると、枕元の置き時計の夜光塗料を塗った針は一時を廻っているというのに……。

どこに居るのだろう。

急に声をあげて泣きたいような心細さに襲われた。

子供の頃、こういうことが時たまあった。夜中にふと目を覚ますのだ。怖い夢を見た時もある。なんとなくポッカリと目を覚ますこともあった。暗闇のなかで独りで目をあけていると、自分の存在がなくなってしまったような不安感に囚われた。

焦りに似た気持ちで腕や頬に触ってみる。指先に肉の弾力を感じて安心した。こんな風に突然目を覚ますと、自分が意識だけの生き物になってしまったような奇妙な感覚にいつも囚われるのだ。

漆黒の闇を凝視している私の目玉だけがコロンと残って、手足の先から少しずつ闇に溶けてしまったような……。

そんなときに限って、茶の間の古い柱時計が骨の軋りみたいな音を響かせて時を打ち、幼い私をいっそう脅えさせた。私はとうとう泣きじゃくりながら起き出して、独りで寝ていた寝間から這い出し、冷たい廊下を裸足でペタペタと歩いて、父の寝所まで行くのだ。

寝ている父を揺さぶり起こし、その布団の脇に飼い猫のように潜り込み、半分眠りながら抱き締めてくれる父の腕のなかで丸くなって朝まで眠った。

でも、今私を脅かしたのは古い柱時計の音ではなかった。闇のなかで鋭く薫る白い薔薇の匂いだった。

ベッドから起き出してスリッパを履いた。悪寒で震えるからだを思いきり抱き締めてくれる暖かい二本の腕がたまらなく欲しかった。

ドアをそうっと開けて廊下に出ると、深夜の屋敷は怖いほど静まり返っていた。

苑田はどこに居るのだろう。書斎だろうか。そう言えば、夕食のとき、何か調べ物があると言っていた。きっと、まだ書斎に居るのだろう。

そう思い、階段を降りかけた時だった。

カタンと何か落ちたか倒れたような音が聞こえた。けっして大きな音ではなかったが、まさに針を落とした音でも聞こえるような静寂さのなかで、そのかすかな物音は研ぎ澄まされた私の神経を刺激した。

物音？

二階の部屋からだ。

誰かいる。

二階には、私の部屋、寝室、あとは雪子の部屋と空の客室、バスルームがあるだけだ。晶も寿世も有美も一階で眠っている。

苑田も一階の書斎に居るとすれば、今の物音は誰が……？

物音がしたのは雪子の部屋だ。直感的にそう思った。

雪子の部屋に誰かいる。

私は足音を忍ばせて、あの部屋の前まで行ってみた。扉の前でじっと中の気配を窺ったが、もはや何の物音もしない。静まり返っている。

あの物音は気のせいだったのだろうか。あるいは、不安定な置かれ方をしていた小物が自然に落ちるか倒れるかしただけのことだったのか。時々そういうことがある。ハンガーにかけておいた衣服が突然ふわっと落ちたりして驚かされることが。

昼間、私はこの部屋に入った。そのとき、あちこちの小物に手を触れた。不安定な置き方をしたのかもしれない。それが時間の重みで落ちたか倒れたかしただけかもしれない……。

しかし、そう考えようとする一方で、扉を挟んで、部屋のなかで誰かが息を殺して外の気配を窺っているような気がしてならなかった。

いや、やはり気のせいだ。

これ以上の緊張感に耐えられなくなって、私は扉の前を離れた。

こんな時間にあの部屋に一体誰が居るというのか。あんな悪夢を見た後なので、神経が昂《たかぶ》っていたのだ。

私は階段を降りず、そのまま寝室に戻った。

何故、階段を降りて、良人の居る書斎に行かなかったのだろう。

怖かったのだ。書斎に行って、そこに誰もいないことを発見するのが。

気味悪く湿った肌着を着たまま、再びベッドのなかにもぐりこんだ。が、このまま眠りに落ちるには、あまりにも気が昂りすぎていた。

三十分程、輾転反側《てんてんはんそく》していると、寝室のドアのノブが廻る音がした。私の眠りを妨げないよう気を遣っているようなノブの廻し方だった。

廊下の薄明かりが細目に開けたドアの隙間から、細い筋になって床に伸び、良人は黒いシルエットになって寝室に入ってきた。

影はするりと忍び足で中に入ると、音をたてないようにしてドアを閉めた。部屋はまた闇に沈んだ。

衣服を脱いでいるような幽かな衣ずれの音を聞きながら、

「どこに行ってたの？」

私は眠っているふりをやめて訊いた。

「起きてたの？」

びっくりしたような声がはね返ってきた。

「怖い夢を見て、目を覚ましたの……。そうしたら、あなたがいないから」

「書斎にいたんだよ。調べ物があって」

腕がすっと伸びて枕元のスタンドの明かりを点けた。

「ずっと今まで書斎に居たの？」

枕に頬を押し付けたまま重ねて訊ねた。

苑田はワイシャツのボタンを途中まではずした恰好で、ベッドの端に腰かけ、微笑を浮かべて私を見下ろしていた。眼鏡を取った良人の顔は影に隈《くま》どられて精巧な仮面のように見えた。

「そうだよ」

「さっき、トイレに行こうとして、雪子さんの部屋の前を通ったら物音がしたの。中に誰かいるみたいだった」

ややや事実を曲げて言った。

「誰かって誰が？」

良人の声は優しく、片手で私の髪を梳《す》くように撫でてくれた。

「誰かはわからないけれど……」

「気のせいだよ。こんな真夜中に誰が居るっていうの。しかもあの部屋には鍵がかかってる」

良人は私の髪を撫で続けながら応えた。

そうだ。あれはやはり気のせいだ。さきほどまでの恐怖感が少しずつとけていくのを感じた。彼の言うとおりだ。あの部屋には誰もいなかったのだ。良人も勿論書斎にずっと居たのだ。

私はあの二通の手紙のことを良人に話してしまいたい衝動に駆られた。そして心の休まる答えを出して欲しかった。しかし、口元まで出かかった言葉をかろうじて呑み込んだ。晶との約束を思い出したのだ。あの手紙のことを話せば、苑田に厭でも前の妻のことを思い出させるだろう。治癒しかかった傷口をむりやり開くようなことは私にはできない。

「怖い夢ってどんな夢を見たの？」

良人がふいに訊ねた。

「晶さんの足がない夢なの。義足だったの。その義足がベッドの上にごろんと転がっていて」

髪を撫で続けていた手が止まった。

「どうかしてるわ、わたし。こんな夢を見るなんて」

手はまた何事もなかったように動きだし、苑田は低い声で笑った。

「本当だ。どうかしてる。そんな夢を見るなんて……」

23

「髪、ずいぶん伸びたのね」

そう言って、晶が手を伸ばして何気なく私の髪に触ろうとした時、私は無意識の裡に身を引いていた。

右手に持っていた絵筆が、その拍子に、鉛筆で下描きした紅薔薇の輪郭から大きく逸《そ》れた。

「切ったら？」

晶は一瞬傷ついたような目をして、宙に浮いた手を引っ込めた。

「行きつけの美容院が遠くなってしまったから億劫で」

私はボロきれではみ出した線を拭き取りながら言った。布が真っ赤になった。

「寿世が上手《うま》いわよ。わたしの髪はいつもあれにやって貰うの」

研ぎ澄まされた鋏を持ったあの家政婦の前にうなじを差し出すのは、あまりぞっとしなかった。

「このまま伸ばそうかと思って……」

「あなたは短い方が似合うわ」

断定的な言い方に少し不快になった。

「でも」

「良江さんもここへ来て髪を伸ばし始めたけれど、ちっとも似合わなかったわ」

「……」

「あなたの方が奇麗な髪、してるけど」

晶は急に冷やかになった声でそう言いながら、車椅子を操って、私の傍から離れた。

「雪子はもっと奇麗な髪をしていたわ」

胸に突き刺さるような一言を残して屋敷の中に入って行った。車椅子を操る後ろ姿に圧し殺した怒りのようなものが漂っているのを私は感じた。

どうも最近彼女とうまくいっていない。間《はざま》に冷たく薄い膜でも張られたみたいにギクシャクしてしまう。心が開けないのだ。あの悪夢を見た夜から……。

あれから十日がたち、十一月になっていた。

あのあと、苑田から、彼女の足は無論義足などではなく、事故で脊椎をやられてしまったために全く下半身が動かないのだということを聞かされたというのに、そして、それを理性の上では信じたというのに、どうしても妙に生々しかったあの恐ろしい夢が忘れられなかった。

良江を死に追いやったのは彼女ではないかという疑いがどうやっても拭い切れない。そんなことはありえない筈なのに……。

子供の頃から変な癖があった。好きではない人に髪を触られるのが我慢ならなかった。昔、近所に、私のことを可愛がってくれ、よくお菓子などもくれた親切な小母さんがいた。母を亡くしたばかりの私はその小母さんになついていた。それが、何かの拍子に、その人に「奇麗な髪ねえ」と言われ頭を撫でられそうになって、思わず手で払いのけてしまったことがある。そのとき、私は気がついたのだ。その小母さんを本当は好きではなかったことに。

そのくせ、好きな人に髪を撫でられるのは嬉しかった。父の膝元にまとわりついて、その大きな手が髪に伸びてくるのをいつも心待ちにしていた。

髪は敏感で自分の気持ちに正直だった。

義妹もたぶん、彼女の手を咄嗟に避けて身を引いたとき、私が彼女に対して抱いている感情に気がついたのだ。だから、一瞬、あんな傷ついたような目をしたのだ。そして、こちらの感情を傷つけることで小さな復讐を果そうとした……。

そんなことを考えていると、キャンバスの上で絵筆は止まってしまった。今日明日じゆうに油絵を仕上げてサロンに飾ることを愉しみにしていた十号のキャンバスは、まだ大分白い部分を残したまま、画架に立て掛けられていた。

目の前には秋も深まった薔薇園が広がっている。花は未だ盛りと咲き誇っていた。どれもが「わたしを見て!」と悲鳴をあげているようだ。

グールモンが「薔薇連禱《れんとう》」の中で「偽善の花よ、無言の花よ」とせつせつと歌いかけた薔薇たち。銅《あかがね》色の、黄ばんだ象牙色の、血汐の色の、硫黄の色の、曙色の、焰の色の、そして夕暮れ色の薔薇……。

彼女たちは知っているに違いない。光を浴びて咲いていられる時間があと僅かなことを。滅びの刻《とき》が確実に迫っていることを。

彼女たちの足元には、残骸が、虫食いのまま、日に灼けた無残な花びらとして夥しく散っていた。

私はキャンバスを画架からおろした。パレット、絵筆を一まとめにして絵の具箱にしまうと、蓋を閉じた。続きは明日にしよう。描く意欲がなくなってしまった。

生乾きの油絵の具の匂いのする絵と絵の具箱を提げ、画架を畳んで脇に抱えると、屋敷の中に入った。

サロンのソファでは苑田が紅茶を啜りながら雑誌を読んでいた。キャンバスを提げた

私の姿を認めると、

「出来たの？　見せてごらん」

と、ソファの背もたれ越しに手を伸ばしてきた。が、私は笑いながら首を振った。

「まだ、まだ」

「晶と何かあったの？」

ふいにそう訊いた。

「何かって？」

「いや、今ちょっと……」

「何もないわ」

「それならいいんだ」

「晶さんが何か……？」

「別に」

良人はそう応えたきり、再び組んだ膝の上に開いた雑誌に目を落とした。

「お夕飯、わたしが作るのよ」

張り切って言うと、苑田は雑誌に視線を落としたまま、「へえ、そう。それは愉しみだ」と殆ど上《うわ》の空で応えた。

今日は朝から珍しく寿世が外出していた。函館にいる叔母が危篤だそうで、その通知が昨日届いたのだ。その人の死を看取るまで、二、三日は帰れないだろう。その間、食事の支度は私がすることになっていた。

良人の鈍い反応にちょっとがっかりしながらサロンを通り抜けて階段を昇った。部屋の前まで来て、ドアを開けると、テーブルの所に木崎有美が立っていた。有美は飛びあがらんばかりに驚いた様子で振り返り、私を見るなり、突然、「あたしじゃありません！」と叫ぶように言った。

何のことかと、有美の手元を見て、はっとした。その手には、あの薔薇色の封筒が握られていたからだ。

「花瓶のお水を替えようと思って入ると、テーブルの上にこれが。もしかしたらと思って手にとったら、そこへ奥様が」

少女は青ざめたまま必死の形相で言い募った。テーブルの上の花瓶に挿された黄薔薇は開きすぎて、クリーム色の花びらを硝子の台に散らしていた。

「いいの。判っているから。見せて」

有美はかすかに震える手で手紙を渡した。あの手紙だ。金釘流の宛名。間違いない。三通めの手紙。あれから、ずいぶん間があったので、「犯人」も悪戯をやめたのかと思っていたのに。

封を切り、中から便箋を取り出した。幽かな薔薇の香り。有美が不安そうな面持ちで私の手元を見詰めていた。

「花瓶の水はわたしが替えるから、あなたはもういいわ」

有美の見ている前で手紙を読む気がしなくて、そう言ったが、少女は動こうともせず、尚も眉を曇らせて、

「やっぱり二通めが来たんですね」

と言った。この何気ない呟きで、この少女が手紙の差出人ではないことが判った。これが三通めであることをこの子は知らないのだ。

「心配しなくて大丈夫よ。このことは誰にも言わないから。あなたじゃないことは判っているから。あなたも言っては駄目よ」

有美は大きく目を見開いたまま、コクンと頷いたが、

「でも、あたし、怖いんです。だって」

と言いかけて、勿体ぶるように口をつぐんだ。色の悪いひび割れた唇を突き出している。

「だって、何?」

「奥様が前の奥様のようになるような気がして……」

暗く湿っぽい口調でやっとそう言った。

「まさか！　こんなのただの脅かしよ」

何のことはないと笑って見せようと思ったが、顔が引き攣って上手くいかなかった。

泣き笑いのような顔をしていただろう。

「でも……」

「さあ、あなたはもういいわ」

少女の不安に充ちた陰気な顔を見ていたら、気が滅入ってきた。

私は足に根が生えたように突っ立っていた有美の背中をやや手荒に押して、ドアの方に向けた。

有美の表情には、さほど嗜虐的な性向を持たない者をも、カッと苛立たせるようなものがいつも浮かんでいた。いじめられっ子特有の、ウエットで陰気でそのくせ妙にふてぶてしいところのある表情。もっと優しく接してあげなければと思いながらも、つい声を荒らげたり邪険にしてしまいたくなるような、そういうところがあった。

有美がやっと出て行くと、私は便箋に目を走らせた。

まだわたしの正体がおわかりにならないようね。無理もないわ。あなたの頭ではわたしを見付け出すことなど不可能ですもの。

鬼さん、こちら。手の鳴る方へ。ほらほら、まだそんな所を探しているのね。わたしはここよ。ここよ。ほら、あなたのすぐ目の前にいる！

どうやら、あなたに鬼の役は似合わないようね。役を交替しましょう。いいこと？　これからは鬼はわたしよ。わたしが鬼なのよ。あなたをつかまえるわ。わたしは花嫁が大好き。そして大嫌い。だから、あなたをつかまえるわ。花嫁の肉は美味。薔薇の蕾の味がする……

花嫁が大好き。そして大嫌い。大嫌い……。私や良江を執拗になぶり続ける手紙の主の真意はこの言葉の裏に隠されているような気がした。

この人は花嫁が嫌いなのだ。だから、良江に私にこんな仕打ちをし続けるのだ。

花嫁が嫌い。

ふと晶の顔が脳裏を横切った。彼女は一生ああして車椅子に縛り付けられ、独りで暮らすのだろうか。からだの半分の機能を失った女性。彼女は健康な肉体をもって兄の妻になった私や良江が憎くはなかっただろうか。

しかし、彼女の下半身が本当に動かないなら、こうして匿名の手紙を二階の部屋まで持ってくることはできない。

でも……。

誰かに持ってこさせたとしたら？　何故こんな簡単なことを今まで思い付かなかったのだろう。晶がこれを書いて、誰かに二階まで届けさせたのだ。誰に？　寿世だ。あの家政婦なら何でも言うことを聞くだろう。

でも、駄目だ。寿世は朝から屋敷にいなかった！　彼女がでれっとした紫のお召しを着て出掛けるのを私自身が門のところまで見送っているではないか。あのあと、部屋に戻ってきたときには手紙などなかった。手紙がテーブルに置かれたのは、薔薇の絵を描くために庭に出ていた、一時間程の間のことだ。

一度は打ち消した壬生への疑いがまた頭を持ち上げてきた。園丁は私が庭に出ていた間、暫くの間は薔薇園に姿を見せていたが、いつのまにかいなくなっていた。玄関から屋敷に入って、こっそり私の部屋に行くことは充分可能だ。

壬生昭男は花嫁が好きだろうか。五十に手が届く齢になるまで独身でいる男の心の裡は測れない。三度も妻を替えた主人を、一度も妻を持たなかった男はどんな思いで眺めていただろうか。

もしかしたら……。

この三人はグルかもしれない。晶と寿世と壬生。手紙を書いているのは晶だ。そして、それを二階の部屋に届けるのは、寿世か壬生の役目。「犯人」が一人とは限らないのだ。唐突にそんな考えが頭に閃いた。私は良江の日記を取り出して慌ててページを繰った。最初の手紙。良江はこれを寿世の仕業だと推理している。これは、たぶん、良江の推理通りだったのだ。晶が書いた手紙を寿世が良江の留守に部屋に置いて行ったに違いない。

しかし、二通めには寿世にアリバイがある。これは園丁の仕業だ。

三通め。園丁にアリバイ。これは寿世のしたこと。四通め。これも寿世。五通めから最後の手紙までも、たぶん寿世のしたことだろう。いつの場合も書いたのは晶だ。

苑田良江は、手紙の書き手と届け手とを同一人物だと思い込んでいたために、真相に迫ることができなかったに違いない。

いや、あの最後の一行を見ると、良江もこの三人が共犯であることに薄々気がついたのではないだろうか……？

私は花瓶の黄薔薇を見た。盛りを過ぎて開きすぎた花は厭わしいものに見えた。この三通めの手紙は、おそらく壬生が置いていったものだろう。寿世は屋敷に居なかったのだから、そうとしか考えられない。

私が受け取った二通めの手紙も、ひょっとしたら壬生が置いていったのかもしれない。あのとき、良人の書斎から雪子の部屋の鍵を持ち出してサロンを抜けようとしたとき、壬生が居た。何食わぬ顔をしてテーブルに薔薇を飾っていた。

父の好きだった黄薔薇のことを覚えてくれていた人。信じていたのに！　信じようとしたのに！

私は花瓶から薔薇をつかみ取ると、屑籠《くずかご》に捨てた。クリーム色の花びらの重なりが崩れて、雫と共に床に散った。

掌の掻き傷を嘗《な》めると、苦い血の味がした。

24

その夜、また夢を見た。

顔のない三人の人間が白いテーブルに座って、私の方を見て笑っている夢。

年齢も性別も定かではない土気色をしたノッペラボウが、さも可笑《おか》しそうに笑いながら、額を寄せ合ってこちらを見ていた。顔がないのに、私には彼らが笑っていることがよく判った。

三人の化物の背景には、スペインかどこかの灼熱の国を思わせる白い崩れた壁がずっと続いていた。空は澄み切った青色。

はっと胸を衝かれる思いで目が覚めた。夢魔の逃げ去る気配。いつかの悪夢の時ほどではなかったが、かすかに冷汗をかいていた。

しかし、前ほど恐ろしくなかったのは、夢で見たノッペラボウの正体が既に判っていたからであり、隣を見ると、良人が軽い寝息をたてて、そこに居たからだ。

体温が伝わってくる。

枕元のスタンドのささやかな明かりが、女のように奇麗な寝顔を照らし出していた。眼鏡をはずして、少し横を向いて眠っている苑田の顔は、思わず見とれる程うつくしかった。男にしては繊細な造りの形の良い鼻。名工の鑿《のみ》で丹念に彫り刻まれたような唇。白い滑らかな頬には、少女のように長い睫が影を落とし、いかつい黒縁の眼鏡を取ると、妹に実によく似ていた。

一瞬、晶がそこに寝ているような錯覚すらした。

私はプシケが良人《エロス》の寝顔に見とれたみたいに、まじまじと闇のなかで眠っている人の顔を見た。

この人を揺り起こし、今見た夢の話をすることができたら、どんなに気が休まるだろう。あの薔薇色の手紙はすべて晶の仕業だったこと。寿世や壬生も共犯だったこと。良江さんはあの三人に神経を痛めつけられ殺されたも同然だということ……。

しかし、そのことは一言も言ってはならなかった。二人の妻に企てられた妹の所業を知ることは、良人にとって、苦しみ以外のなにものでもないからだ。妹のしたことを知れば、このような安らかな眠りは二度とこの人の許には訪れてはこないだろう……。

私は枕に頭を深く沈め、晶の憎しみが少しでも和らぐことを願った。良江の死は自殺だったのだ。晶がいくら兄の花嫁に嫉妬し憎んでみても、直接手を下すことなど出来ないのだ。あれは言葉だけの威しだ。

黙ってやり過ごしていれば、そのうち憎しみも薄れるかもしれない。

それにしても……。

彼女が良江や私を憎むのはまだ理解できる。不思議なのは、苑田の最初の妻、雪子を憎まなかったことだ。雪子がうつくしかったからだろうか。それとも、兄の妻というには幼すぎたから？

晶は何故、良江や私のように、雪子を憎まなかったのだろう……。

そのとき、奇妙な、とても奇妙な思いに私は打たれた。

私は雪子を見ていない。

雪子の写真も絵姿もここにはない。写真は苑田が発作的に燃やしてしまったのだという。あるのは、この家の人々の口から語られた雪子の思い出ばかり。それと、亡き人の気配を残すあの部屋。

雪子が寝ていたままを象《かたど》ったベッド。雪子がその変わった性癖のために空にした数々の香水壜。雪子の髪がからみついたままのヘアブラシ。彼女のからだつきを雄弁に語る夥しい数のうつくしい衣装……。

あるのはそれだけ。

闇を切り裂く稲妻のような考えが私の脳裏に閃いた。

雪子はもしかしたら……。

馬鹿げている！　そんなことは馬鹿げている。何故こんなことを思いついたのだろう。闇がもたらした妄想にすぎない。朝の光にあてれば、すぐさま萎れてしまうような漆黒の夜が作り出す妄想。

晶たちがそのことを私に秘密にしていたとしても、この人が黙っている筈がないではないか。この人が私に黙っている筈がない。

ただ、この人がもし……。

ふいに苑田の口元に幽かな微笑が浮かんだ。愉しい夢でも見ているように。

背筋に冷たいものが走った。

さっき見た夢。三人のノッペラボウ。テーブルについた三人の化物の向こう、スペインかどこか灼熱の国の壁を思わせる崩れかけた白い壁の連なりのなかに、もう一人、土色の肌をした顔のない男が半ば壁に身を隠すようにして佇んでいたことを。

顔がないのに、男は微笑《わら》っていた。

25

闇が紡ぎ出した恐ろしい空想に私は顫《ふる》えた。

この人が？

安らかな寝息をたてている良人を私は見た。見知らぬ他人を見るように。

ノッペラボウは三人ではない。四人いた！

この人もグルなのだ。みんなグルだった。「鬼」は四つの顔をもっていた。

そんな馬鹿げたこと！　あれは夢にすぎない。乱れた神経のなせるわざ。この人が「鬼」だなんて。そんなことがある筈がない！

喉がカラカラになっていた。枕元の水差しを探ったが、空っぽだった。私はフラフラと起き上がった。水が飲みたい。冷たい水。冷静にならなければ。これは妄想にすぎない。恐ろしい妄想。夢魔の残して行った意地悪な置土産。私はきっとまだ夢の中にいるのだ。

ドアのノブを探りあて、そっと廻して外に出た。

天井の薄明かりに照らされて、廊下は冷たい鏡を敷いたようだ。その突き当たりの壁に飾ってある一枚の絵。古びた黄金《きん》色の額縁に入った薔薇を持つ聖母像。昼間は白く気高く優しいその顔が暗がりのなかで妙に酷薄そうに見える。淫蕩《いんとう》にすら見える。聖母というより、娼婦のようだ。薄く紅い唇が嘲笑うように引き攣っていた。

聖母の膝に抱かれた幼子も、昼間の愛らしさやあどけなさは微塵もなく、横目を使い卑しい大人の笑いを満面に浮かべた侏儒《こびと》のようだ。

昼間は聖母と幼子。夜は売笑婦と侏儒。

聖母の白い華奢な指がつまむ紅薔薇も、清浄から快楽の象徴へと意味を反転させていた。古びた西洋の絵は昼と夜の意味を持っていた。そんな絵を描いた昔の画家の秘めた思惑に戦慄をおぼえた。

それとも、この絵をそんな風に見てしまう私の神経がおかしいのだろうか。恐怖と疑惑で歪んだ心が描き出した幻？

私はバスルームに入り、洗面台の前に立った。精緻な彫刻を施した木製の枠の鏡に自分の顔を映した。幽霊のようだ。青ざめ、頬はこけていた。白目には赤い血の脈が見える。目の縁も黒ずんでいた。

蛇口をひねって、硝子のコップに水を充たすと、それを喉を鳴らして一気に飲んだ。冷たい水の帯は喉を下って胃を冷した。少し気分がさっぱりした。混乱していた頭がすっきりと整理されて行く。疑惑が薄れた。

私の考えすぎだ。

私を支配していた夢魔は去ったようだ。もともと夢に支配されやすい体質だった。夢の感触が色濃く残っていて、覚めやらず、一日ボンヤリしていることもよくあった。たやすく白昼夢に浸ることもできた。

そんな体質を狡猾な夢魔につけこまれたのだ。

私は少し気分が落ち着いてバスルームを出た。寝室に戻ろうとして、自分の部屋の前を通ったとき、ドアの下の隙間から、ほんの僅かに何か覗いているのに気がついた。

天井の薄明かりに、それは白っぽい紙のように見えた。バスルームに行くときは気がつかなかった。あの聖母の絵の無気味さに気を取られていたせいだ。

私は部屋のドアを開け、その白っぽいものを拾いあげた。

手紙だった！

あの薔薇色の。

誰かがドアの隙間から差し込んでいったのだ。

誰が⁉

手紙を手にしたまま、階段を降りた。暗いホールを抜け、玄関に行った。ドアを調べてみた。二重の錠が中からしっかりと下ろされていた。すぐに引き返し、サロンの窓も調べてみた。すべて錠がかかっている。裏口は？

厨房から出られる裏口にもやはり錠。

壬生ではない！

この手紙は私が寝室に引き取った後で、部屋のドアの隙間に差し込まれたものだ。部屋を出るときはこんなものはなかったのだから。

でも、壬生がこれを届けるのは不可能だ。屋敷中の出入り口には中から錠が下ろされている。

壬生ではないとしたら、一体誰が？

寿世は居ない。まだ函館から帰っていないのだ。

壬生でも寿世でもないとしたら……？

あとは彼しかいない。

私は薔薇色の封筒を引き裂かんばかりの勢いで破った。中から薔薇模様の便箋。


花梨さん。あなたも良江さんと同じように雪子への供物とすることに決めました。いずれ、あの石畳はまた血で染まることでしょう。


四通めの手紙は私の死を予告していた。文面は極端に短くなっている。良江の日記を思い出した。彼女が受け取っていた手紙もある時期から、突然、文章が短くなり出していたこと。しかも、手紙の間隔も次第に短くなっていったことも。

そして、最後には……。

「鬼」は何を望んでいるのだろう。

私は暗いサロンのソファに座り込んだ。膝に両肘を立て、両手で頭を抱えた。

これはゲームだ。

残酷で果てしないゲーム。

獲物を執拗になぶり続け、死ぬまで続けられるゲーム。

猫が鼠をなぶるような。人が狐を狩るような。

ひと思いには捕まえず、獲物を追い詰め、獲物が自らの傷で時間をかけて死ぬことを愉しむゲーム。獲物の皮や肉を取ることが目的ではない。狩ること、そのものが目的なのだ。

私はこの屋敷に花嫁として来た日、晶が呟いた言葉を思い出していた。

「兄が心を惹かれる女性はみんな身寄りのない孤独な人ばかり。兄はそういう女を見付け出す特殊な能力にでも恵まれているのかしら……」

あのとき、階段のところで晶はそう言った。

苑田は狩人の鋭い勘をもって、恰好の獲物を見付け出していたのだ。家族もいない、親戚との付き合いもなく、友人も少ない、そんな孤独な若い女を。

帰るべき家もない。頼るべき人も持たぬ。そんな女が「鬼」の獲物だった。良江も私も。

彼は最初のうちは花嫁に愛情を注いだ。いずれ摘むべき花に水を与えるように。食べるべき豚を太らせるように。

ここは青髭の館だ。薔薇に囲まれた鬼の栖《す》む家。魔窟だ。出よう。この家を出よう。

ここは私の家《ホーム》ではない。早くここを出なければ、私も良江のようになってしまう。可哀そうな人！

今、この世で最も私が愛しいのは死んだ女だった。私と同じ思いをして窓から飛び下りた女。彼女も「鬼」の正体に気がついたのだ。あの日記の中の最後の一行。

「もしかしたら、これは……。そんな馬鹿な！　そんなこと疑ってもみなかった」

あの一行はそういう意味だったに違いない。四匹の鬼。花嫁は最初からゲームの獲物として屋敷に連れて来られたこと。それを良江は知ってしまったのだ。帰るべき家を持たない彼女は、あの窓の向こうに逃げ場所を求めた。

私は彼女のようにはならない。逃げよう。彼女のようになる前に。

どこに？

どこに逃げよう？

フラフラと私はソファから立ち上がった。とにかく荷造りをしなければ。私が持ってきたのは、父の形見のトランク一つだけだ。あれに衣類を詰め、この屋敷を出よう。明日の朝早く。誰も起き出してこないうちに。どこへでもいいから。

階段を昇り、荷物をまとめるために自分の部屋に入った。

寝室には二度と戻りたくない。

あそこには鬼が眠っている。

26

夜が明けはじめた。

東の窓が仄《ほの》かに明るくなってきた。私は寝間着をセーターとジーンズに着替え、荷造りを終えたトランクを前に、一秒でも早く始発の電車が出る時刻になることを祈った。あれから一睡もしなかった。

眠りが足りない筈なのに、頭は澄みわたっていた。肉も皮もこそげ落ちて、しらじらと真っ白な骨だけになったような気がした。

夜の去る足音が金色の鈴を振るように聞こえる。

この屋敷を去るときは、まだ闇が残っているうちがいい。日が昇ってしまえば、私の不幸が隈なく照らし出されてしまう。剝き出しになった神経にそれは耐えられない。闇のなかに面を隠すようにして出て行きたかった。

ふと昔のことを思い出した。

一匹の赤犬のことだ。

遠くで犬の啼く声がしていた。それに記憶が刺激されたのかもしれない。

あれはまだ小学生の時のことだ。近所に牝の野良犬がいた。酷い皮膚病に罹《かか》っていて、毛の半分は抜け落ち、剝き出しの皮膚は膿《う》み爛《ただ》れ、犬の原形を殆どとどめていなかった。私はあの犬が怖かった。独りで遊びに行くとき、独りで学校から帰るとき、いつもあの犬に遭いませんようにと念じていた。

友達と居るときならまだいい。独りのときにあの犬に遭うことは想像しただけで身の毛がよだった。

しかし、恐れていたことが起きてしまった。

誰もいない朽ちかけた体育館で独りで遊んでいた。新しい体育館が出来たために、何年も前に使われなくなった場所だった。子供たちのざわめきの気配を残して腐りかけた渡り廊下や靴ばこ。ひび割れたコンクリートの水飲み場。割れた硝子窓。色褪め、破れて垂れ下がった臙脂《えんじ》色のカーテン。あちこちに引っ掛かった蜘蛛の糸。十時十分を指したまま永遠に止まってしまった丸い時計。

何故かこの廃墟が私の気にいりの場所だった。春ともなれば、周りに植え込んだ桜の木が花開く。桜は淡い紅色の霞となって、夢のように青空に映え、花のうつくしさ生々しさが、不思議に廃墟となった体育館によく似合っていた。

あの日も独りで遊んでいた。生暖かい春の日だった。ひびの入ったコンクリートの階段を昇ったり、降りたり、水の出ない水道の蛇口をひねってみたり、たあいのないことをして私は春の午後を過ごしていた。

角が砕けひびの入った石段には、桜の花びらが雨のように散りかかっていた。

橙色の毬《まり》を持っていた。思い出したように、それをついたりコンクリートの汚れた壁に打ちつけたりして遊んでいた。そんなことをしているうちに、日向《ひなた》色の毬は手をそれて転がり、私は玩具の行方を何気なく目で追った。

毬の転がった先にあの犬がいた。

たとえようもなく美しい桜の木の連なりを背景に、病気の犬はそこにいた。

私は恐怖よりも不思議な感覚に囚われて、犬から目をそらすことができなかった。犬はつぶらな黒曜石のような瞳《め》をして立っていた。病気でなかったら、奇麗な赤犬だったに違いない。

私が見たのは、尾を垂れ屍のようになった犬ではなく、廃墟と生気溢れる桜の木との間《はざま》に静かに佇んでいる孤独そのものだった。

やがて、犬は慌てる気配もなく立ち去り、私も大声をあげて走って逃げ帰るわけでもなく、毬を拾ってそれをつきながら家まで帰ってきたと思う。

あのときの気分に似ていた。恐怖の頂点には白々とした哀しみだけがあった。

私は時計を見た。

もう出掛けよう。あまり明るくならないうちに。駅までの道をとぼとぼ歩いている間に始発の時間になるだろう。

立ち上がって、セーターの上にジャケットを羽織った。左の薬指から指環を抜き取り、それを硝子のテーブルの上に置いた。硝子と金属の触れ合うコトリという音。置き手紙など残さなくても、この指環がすべてを語ってくれるだろう。

鏡台の前に屈んで、紅いベレーを被った。化粧をしない青ざめた顔に口紅を引いた。鮮やかな二筋の紅は顔色の悪さをいっそう引き立てた。病気の子供みたいな顔をしていた。

良江の日記はどうしよう。トランクに入れようか置いて行こうか。有美が返して欲しがるだろう。あの子のために置いて行こうか。でも、今の私にとって、良江の日記は唯一の心の拠り所だった。同じ体験をした女の日記だけが私を慰めてくれる。

有美には悪いが、この日記は持って行こう。私はトランクの一番上にノートをそっと忍ばせた。

重たいトランクを提げて部屋を出た。暗い廊下はまだ夜の気配を漂わせている。足音を忍ばせて階段に向かった。

寿世が留守でよかった。年寄りの常で朝が早い。普段ならもう起き出している頃だ。有美が起きてくるのはもう少し遅い。

寝室のドアを見た。しんと静まりかえっている。あの向こうに……。

廊下の突き当たりの聖母の絵は今度は普通に見えた。若い母親と幼子だ。でも、幼子は病気のように見える。重い病気だ。母は白い顔を俯けて哀しげに見守っている。あの子は死ぬのだ。母親はそれを知っている……。

不思議な絵だった。光の加減で聖母の表情はがらりと変わった。それとも、絵を見る私の心情の反映にすぎなかったのだろうか。

手すりを撫でながら階段を降り、玄関に向かった。錠を外し、扉を開けて外に出た。濃紺の空にミルクをたらしたように夜が明けようとしていた。トランクを提げたまま石段を降りる。振り返れば薔薇園は匂やかな影のかたまりとなって、ひっそりと闇に包まれ眠っていた。

音を殺して門の鉄の扉を引いた。それでも、ギーと錆びた蝶番のか細い悲鳴。

郵便受けには朝刊が無造作に差し込んであった。

もう起きている人がいる。

そのことが少し嬉しかった。

通りに出て、館を振り返った。思えば、ここへ来てから一度も外に出なかった。解放されたのかもしれない。この家の魔力から。苑田良江はこの家に長く滞《とど》まりすぎたのだ。だから、逃げるべき場所をなくしてしまった。この家とあの人々から逃げるには死ぬしか道がなくなってしまったのだ。

私に逃げる場所があるのだろうか？

まだ行き先も決めてなかった。とにかく、あの家を出たい一心だった。数少ない友人たちに電話して暫く厄介になろうか。それともホテルにでも宿泊しようか。トランクの底には預金通帳がある。そこに記された金額は暫くはそれだけで暮らしていけるだけの額だ。

気持ちが落ち着いたら、アパートを探し職を見付ける。私はまだ若い。なんとでもなる。そんなに前途を悲観したものではない。

薄闇のなかでそう自分に言い聞かせて笑おうとしたが、笑えなかった。

友人に電話をするには早すぎる時間だ。それではホテル？　ホテルなんか独りで泊まったことがない。こんな時刻にやっているものだろうか……。

友人の家よりも、ホテルよりも、私には無性に帰りたい所があった。

家だ。私の生まれた家。父と暮らしたあの古びた家。苑田のもとに来るとき、不動産屋を介して処分してしまった家。

あの家はどうなっただろう。あんな老朽化した家を人が買う筈もない。いずれあれは取り壊されて土地だけが利用されるのだろう。もう壊されてしまっただろうか。

たまらなく帰りたかった。

逃げ帰れる所はもうあそこしかない。あそこには父の霊がまだ住んでいて、私を呼んでいるような気がする……。

27

駅前で拾ったタクシーを降りると、広い通りを避けて、竹林の細道に入った。

既に日は高く、光が目にしみる。道行く人々に幽鬼のような顔を見られたくなかった。

あのタクシーの運転手は奇異なものでも見るような目でチラチラとバックミラーを使って私を見ていた。よほど酷い顔色をしているのだろう。

竹のトンネルの中の、車一台がやっと通れるくらいの狭い道をトランクを提げて俯いて歩いた。笹のサヤサヤ鳴る音。しなやかで強靭な植物の青くさい匂い。顔も手も青く染まった。昼尚暗い竹林は私の痛んだ神経を慰撫してくれる。

子供の頃から、何か他人の目を避けたいようなことがあると、私はこの小道を歩いた。昔馴染みの道だった。もの言わぬ丈高い植物はわずらわしい穿鑿やわざとらしい同情の目を持たぬかわりに、黙って、いつも爽やかな青いシャワーで私の心を癒してくれた。この竹林の切れたところに生家がある。今も壊されずにあるとすれば……。

やがて竹林が切れた。

生家はあった。まだ取り壊されずに残っていた。

やはり竹林を背景に近隣から遠く離れた平屋の木造家屋は、時の流れに見捨てられたように、ポツンと傾きかけて建っていた。暫く見ぬ間に、豪奢な西洋館に馴れた目にはそれはなんともみすぼらしく見えた。

建てつけの悪い玄関の戸に錠はかかっていなかった。

力をこめて戸を開けると、訪《おとな》いを告げる鈴の音が哀しい。

不動産業者にとって、こんな古い家屋などきちんと保存する価値もないのだろう。中に入ると、玄関は埃と男物のどた靴がつけた泥とで汚れていた。誰かが土足のままあがったのだ。胸にかすかに怒りの感情が湧いた。

靴箱にも乾いた泥が白く筋になってこびりついていた。

泥は廊下にまで付いていた。素足で歩くとたちまち白いソックスが黒く汚れた。

トランクを雨戸を閉めきった暗い茶の間に置いた。天井から垂れ下がった笠付き電灯の紐を引いてみたが、笠が揺れただけで電気は点かなかった。

雨戸を閉め忘れた廊下の窓からの明かりで、柱時計が少し傾いているのが見える。年代物のすぐに調子が狂うのを騙し騙し使ってきたボンボン時計は、黒く煤けた函の角を義眼のように無気味に光らせて止まっていた。古い骨の軋りみたいな音で私をよく脅えさせた時計も今はただ懐かしいだけだった。

台所に行ってみた。台所用品は私が出て行った時のままだ。あのあとで人が入ったことを示すようにちょっと散らかっているだけ。錆びた真鍮のやかんはガス台にかかったままだった。

流しの蛇口をひねってみたが水は出て来ない。むろん、ガスも来ない。表のプロパンボンベが倒れたまんまになっていたのを玄関に入るとき見た。

なんとなく風呂場も覗いてみた。蜘蛛の巣が張っているくらいで、何も変わっていない。くたびれた角の擦り切れた蓋を取ると、木の風呂桶は甘い湯垢の匂いがした。死んでしまった生活の匂い。二度と戻らぬ幼年時代の匂いだった。

腐りかけた木の格子が嵌まる小さな窓に、笹の揺れる影が映る。湯舟に浸かりながらよく見詰めたあの躍る影。怖いような愉しいような……。

茶の間に戻ると、明かりをとるために雨戸に手をかけたが、思い直した。誰がいつやって来るか判らない。無人の家に住んで居る気配を悟られてはいけない。ここはもう私の家ではないのだ。人手に渡っている。それに、人目を暫く避けていたい気持ちから家の中は暗い方がいいと思った。犯罪者のように。

電気は点かないが、明るいうちは廊下の明かりだけで充分だ。日が落ちて暗くなったら、物置に今もあるだろう蠟燭《ろうそく》を使えばいい。台風やふいの停電に備えて、父が空き罐に蠟を詰めて作った特製の蠟燭だ。

念のため、廊下のつきあたりにある物置を調べてみた。やはりあった。懐中電灯もあったが電池が切れていた。大蠟燭は二つあった。一晩くらいなんとか過ごせそうだ。マッチは台所にある。

電気が来ていないことを見越して駅前でそのまま食べられる食糧と罐ジュースを買って来ておいた。トランクの中に入っている。いつまでここに居るか決めていなかったが、とにかく、このちぎれてしまった電線のように剝き出しになった神経がもう少し休まるまでここに居よう。そう思った。それまで誰もここに来ませんように。せめて一日、二日。気持ちの整理がつくまで、私をそっとしておいて。誰も訪ねてこないで。

茶の間の壁に寄り掛かり膝を両手で抱えてそう祈った。

父が亡くなった後、こうして時を過ごすことが半ば癖になっていた。笹の風に鳴る音を聞きながら、これからのことを考えようとした。が、頭を去来するのは、過去のことばかり。あの薔薇屋敷で過ごした日々。苑田良江が亡くなった後、うしろめたい気持ちを抱きながらも心弾む思いであの屋敷を訪ねた日々のこと。良江が白い窓から落ちた日のこと……。

もう過去は忘れようと何度も頭を振った。大切なのは未来だ。これからどう生きるのか。どうやって生きていくのか。それを考えなければならない。どうやって仕事を探すか。新しい住まいをどこに求めるのか。考えなければならないことは山ほどあった。しかし、駄目だった。考えなければいけないことに私はあまりにも無力だった。厄介な手続きから逃げるように過去へ過去へと記憶は遡って行く。

はじめて苑田に出会った日のこと。不思議な夕暮れ。逢魔が時。私はそんな時刻に本当に魔物に会ってしまったのだ。どうして、あんな鬼のような男を優しかった父と見間違えたのだろう。似ても似つかないのに。魔に魅入られたとしかいいようのない出会い方だった。父をなくして寂しがっていた心の隙に魔物がつけ込んだのだ。

あの四匹の魔物。四匹の鬼。薔薇の咲き乱れる古びた洋館に棲む鬼。彼らは今頃獲物を取り逃がしたことを悔しがっているだろうか。それとも、また何食わぬ顔をして、私のような孤独な若い女を見付けるつもりなのだろうか。
膝に頭を載せて目を閉じた。
耳には笹の音。瞼には鮮やかな薔薇園が浮かび上がった。
紅い薔薇。白い薔薇。黄色い薔薇。薄紅色の薔薇。青ざめた薔薇。
薔薇に囲まれて笑っている鬼。白いうつくしい顔をした鬼。
鬼。鬼。鬼。鬼……。

花梨。
どこに。
耳元で男の声がした。
私ははっとして頭をあげた。
真っ暗だった。
一瞬、暗闇に薔薇の香りが流れた。ここは薔薇園？　そんな筈はない。幻臭だ。
ザーザーという雨の音。雨じゃない。表の笹が風にざわめいている音だ。
いつのまにか夜になっていた。膝を抱え胎児の姿勢のまま眠ってしまったらしい。
廊下の窓はすっかり闇色になっていた。何時だろう。真っ暗で腕時計を見ようとしても、自分の手さえ見えない。

私はそろそろと掌を畳の上に這わせて、罐蠟燭とマッチ箱を探った。蠟燭の芯を探り当て、それにマッチを擦って火をつけた。ボウッと闇に小さな焔。マッチの軸をつまんだ私の手首が青白く浮かび上がる。

二つの罐蠟燭に火を灯した。

揺れる明かりで腕時計を見ると、八時を廻っていた。ほんの一瞬まどろんだような感覚だったが、半日ちかく眠っていたらしい。

さっきの声は誰だろう。若くない男の声だ。聞き覚えがある。懐かしい愛情に溢れた声……。父だろうか。父の霊が私を呼んだのだろうか。

私は両手を交差して肩を抱き、身顫いした。怖かったからではない。怖くはなかった。むしろ今までになく気持ちが安らかで落ち着いていた。

少し寒かったのだ。もう十一月だ。日のあるうちはまだしも、夜になれば火の気が欲しくなる。

寒さは空腹のせいもあった。朝から何も食べてなかった。とても食べ物が喉を通る状態ではなかったからだ。からっぽの胃を掌でキュッと絞られたような痛みを感じた。空腹であることに気がついたところを見ると、私の神経は回復しつつあるらしい。

トランクを探って開くと、食糧とジュースを取り出した。ビニール袋に入った餡パンを袋を破って半分ほど出すと、それに歯を当てた。

蠟燭の明かりに照らされ、トランクから魚の臓物のように乱れてはみ出した衣類に交じって、苑田良江の日記帳が覗いているのに目をとめた。

私はそれを手に取った。蠟燭のひとつを手繰り寄せ、立てた両膝にノートを載せた。パンをかじりながら、ノートをめくる。

もう何度も読み返した日記だった。それでもまた開いてしまった。舌にとろける餡の甘さが空腹を充たすように、死んだ女の日記は私の心を充たした。

日記をまた最初から読み出した。今までは、あの薔薇色の手紙の犯人を探り出したい一心で読んでいたが、もうその犯人の正体が判った今となっては、ただただこれを書いた女の心に触れていたいというそれだけのためにこれを開いた。それは好きな主人公の出てくる小説を何度も読み返す気分に似ていた。

ここに書かれている良江の気持ちを理解できるのはこの世に私しかいない。そして、今私の気持ちを解るのも彼女しかいないのだ。

死んだ女にそんな強い絆を感じた。

私は愛しむように彼女の書き残した文字を目で追った……。

風が夜を渡る音。
雨音にも似た笹の音。
ゆれる蠟燭の焔。
蠟の溶ける生暖かい匂い。
ページを繰る乾いた紙の音……。
ふいに奇妙な違和感に襲われた。
私はノートから目をあげて壁を見詰めた。
壁には蠟燭の焔がゆらゆらと影となって揺れていた。
青を緑と言う人はいる。緑を青と言う人もいる。
でも、青を黒と言うだろうか？
思考が奔流のようになって頭のなかで荒れ狂った。
風が悲鳴のような音をたてている。
古びた雨戸の鳴る音。
硝子戸の音。
風？
あれは風のたてる音だろうか。

私は気配を感じた。
誰かいる。
雑草を寄りわけて歩く音。
あれは風じゃない。
白い裸の足が家の周りを徘徊している。
中に入れろと蒼白の拳を振り上げている。
憎悪の拳。
妄執に歪んだ青い顔。
乱れた黒髪。
あけろ。
あけろ。
あけろ。
紅く裂けた口がそう喚いている。
鬼は……。
鬼はここにいる。

28

鬼はここにいる！

薔薇園に潜んでいた鬼はここまで私を追ってきた。いや、先回りしてここで待っていたのだ。私が帰ってくるのを。

これこそが鬼の目的だった。

あの屋敷から追い出すことではなく、この朽ちかけた家に誘い込むこと。

罠を仕掛け、待ち伏せて、花嫁の肉を、骨を、髄まで食らうために。

でも、そうはさせない。

私は気づいてしまった。

鬼はここにいる。

鬼はここに。

私の中に。

そのことを知った今、鬼は力を喪った。もう私に何の手だしもできない。

鬼は正体を知られたとき、消滅する運命にあった。

私の本当の家はあの薔薇の咲く屋敷だ。

そして、おまえが誰なのか知っている。

そう声に出して言ってみた。

風の唸りが止んだ。

静寂。

鬼の……。

鬼の立ち去る気配がする。

凄まじいまでの憎悪の形相が徐々にその白い顔から消えた。

悄然とうなだれた鬼の素顔は哀しみに充ちた若い女の顔だった。

風が甲高く鳴った。

鬼の慟哭のように。

今だ。

私は財布をつかむと茶の間を出た。暗い廊下を歩き、玄関の戸を開けた。戸口につけた鈴の音。外に出て空を見上げた。

夜が暗色の渦を巻き、その中心に満月があった。丸い鏡のような月。

竹は昏《くら》い影のかたまりになって揺れている。

私は駆け出した。

風が頬を切り、夜が口から入って胸のなかで膨らんだ。

表通りに出ても駆け続けた。

私を走らせるものは恐怖ではなく、歓喜だった。

通りを車が行き交う。耳元をかすめる騒音。目に差し込む光の波。

私は公衆電話を探していた。

やっと、既にシャッターをおろした煙草屋の横手にそれを見付けた。赤い古ぼけた、カードの使えないタイプだ。

息を切らしながら、受話器を外し、耳にあて、財布から十円硬貨を掌に零《こぼ》れる位に取り出した。それを受け口に次々と放り込み、ダイヤルを廻す。

耳のすぐ傍を轟音をたてて単車が走り抜けた。

呼び出し音は二度しか聴かなかった。

すぐに向こうの受話器のはずれる音。

まるで電話の前でかかってくるのを今か今かと待ちかねていたような反応だった。

「花梨？　どこに」

私が黙っていると、電話の取り手はすぐにそう応えた。この声。さっき眠りから覚める寸前耳元で聴いた声。あれは父の声ではなかった。この人の声だった。

「わたしはここよ」

応えにならない応えをした。

「あの指環はどういう意味だ？　何がなんだか判らない」

良人の声は安堵と苛立ちと困惑にうわずっていた。

「あれは……」

また車が一台耳元をかすめた。話が途切れる。

「え？」

「あれは何でもないのよ」

「晶だろう。原因は。昼間何か言われたんだね？　それでこんな真似をしたんだろう」

苑田の勘違いが無性に可笑しかった。可笑しいのに、ふいに涙が零れ落ちた。笑いたいのに涙が頬を伝わるばかりだ。この人は何も知らないのだ。何も知らなかったのだ。

「昼間、様子が変だったから、何かあったんじゃないかとは思っていたんだが。妹も心配している。また雪子のことを言ってしまったって。それできみが出て行ってしまったんじゃないかって」

「そうじゃないのよ。行くあてもないのに」

そうじゃないのよ。そうじゃないの。あなた。

「とにかく迎えに行く。どこにいるんだ？」

「家よ。わたしの生まれた家」

「だって、あそこはもう」

「まだあったのよ」

「判った。すぐに行く」

電話を切りそうになったので、私は慌てて言った。十円硬貨をまた放り込む。

「待って。訊きたいことがあるの」

「話なら帰ってからゆっくりしよう」

「いいえ。今ここで、どうしても」

「なに？」

苑田の声がやや緊張したように鋭くなった。

それはたった一言で済む質問だった。

晶が兄の最初の妻を何故憎まなかったのか。何故あれほど愛したのか。

その答えを導く質問。

たった一言。

「雪子さんは本当にいたの？」

沈黙があった。車がまた耳元をかすめた。

「いつか話そうと思っていた」

沈黙を破った良人の声は少し掠れていた。

「雪子は実在しない。あれは最初からどこにもいないんだ」

29

「最初にあ、あ、あったのは、は、薔薇だ、」

眼鏡を取った苑田は、瞼のたるんだ疲れた目でサロンの暗色のソファに座り、そう語りはじめた。私はこの時、良人の顳顬《こめかみ》に刷いたような白髪があるのにはじめて気がついた。

義妹は車椅子の背に頭をぐったりと載せて、迦陵頻伽と薔薇の屛風を眺めている。

サロンの棚のウエストミンスター形の置き時計は金色の針をきらめかせて既に零時を過ぎていた。夜のしじまに時を刻む音だけが響く。

有美は自分の部屋でぐっすり眠っているのだろう。二度と戻るまいと決心して出たこの屋敷にこうして居ることが不思議な気がした。

「死んだ少女のイメージから薔薇が作られたのではない。逆だった。白い薔薇のイメージから一人の少女が生まれたのだ。

　何年も前、壬生が美しい白薔薇を作出した。やや小振りだが、花色といい香りといい、今まで作った薔薇のなかで最高のものだった。雪のひとひらを思わせる純白の花びらから、ユキコと名付けた。晶がその薔薇を見て、『まるで美少女の肌みたい』と言ったのが、思えば、雪子がこの世に生まれ出るきっかけだった」

　雪子とはまさにあの白い薔薇のことだったのだ。何時だったか、触れようとしたら、鋭い棘で私の指を刺した、あの白い……。

「僕たちは子供の頃から、よくこういう空想ゲームをやっては愉しんでいた。いもしない架空の人物を空想で作りあげてはそれで遊ぶんだ。

　父が厳格な人で、俗悪だからとテレビを見ることも外の子供たちと遊ぶことも許してくれなかった。自然、僕たちは二人きりでこの屋敷に閉じこもって遊ぶしかなかった。父は高価な玩具やうつくしい本の類いは惜しまず買ってくれた。僕たちはそれに浸り切った。外の子供たちと遊べないことはそんなに辛くはなかった。学校の友だちは退屈な奴が多かったし、このあたりにも気の惹かれるような奴は滅多にいなかったからだ。彼らは無知でそのかわり僕の知らないことばかりよく知っていた。気など合う筈もない。

だから僕は学校が終わると、家に飛んで帰って妹と遊ぶ方がずっと面白かった。妹は学校の誰よりも頭が良く話が合ったからだ。玩具や本を読むことに飽きると僕たちは空想ゲームをはじめた。

本で読んだお話の主人公になりきって一日を過ごすんだ。童話、神話。あらゆる古典の中の主人公」

良人はその頃のことを思い出したように笑った。まだ半ズボンをはいていた頃の苑田と、短いスカートから細い脚を出して跳びはねていた頃の晶の姿が想像できるようだった。この薔薇の咲き乱れる庭で、この精神も顔立ちも双子のようによく似た兄妹は二人だけの世界を生きていたのだろう。

「そのうち、僕たちは既製のお話の主人公をなぞるだけでは飽き足りなくなってきた。自分たちでもお話を作るようになっていた。ちょうど小説家がストーリーを考え、登場人物を創造するように。僕たちは風の又三郎みたいな神秘的な転校生やメリー・ポピンズみたいな魔法を使えるお手伝いや、財産を乗っ取るために僕たちを密かに毒殺しようと企んでいる美貌の継母などを勝手に空想で作りあげて遊ぶようになった。

この空想ゲームは晶がこんな身体になり、父や母が亡くなった後もやめなかった。いや、それどころか、いよいよ僕たちはゲームに熱中するようになった。屋敷の外にある世界に漠然と感じていた或る不安のために。生活とか人生とかそういう擦り切れてくたびれ果てたイメージのあるものから逃れるために。

晶は事故に遭ってからここに閉じこもったままだった。僕はむしろ妹が羨ましかった。外へ出て行かなくてもいい立派な口実が出来たからだ。五体満足の僕は学校へも行かなければならなかったし、厭でも外の世界に触れなければならなかった。

両親が僕たちをあまりに無菌状態の中で育てたために、外の世界に順応できなくなっていた。学校。社会。薄汚れた下らないものをこの上ない阿呆どもが後生大事に守っている世界。そんな風に見えた。いや、そういう風に見下そうと思った。そうしないと、あんな阿呆どもでも持っているものを自分が持っていないという不安に耐えられなかったからだ。

僕たちは外の世界を忘れるために、空想の世界に深く深く踏み込んだ。僕たちが創り出した架空の人物もだんだんリアルになっていった。空想か現実か見まがうほどに。いつのまにか、寿世や壬生も仲間になっていた。

そして、ある日。雪子が生まれた。最初から十四歳の少女として。両親を亡くし冷たい親戚に預けられた薔薇の好きな薄幸の美少女。笑い出したくなるほど陳腐な話じゃないか。しかし、こんな陳腐な要素が僕は好きだった。これこそお話の神髄だから。古めかしさ。これこそがその話がいつまでも生きのびる大事な要素だ。目新しいものは新しく見える所から腐っていく。

僕たちは薄幸の美少女、幼妻というありふれたイメージがたいそう気にいった。あまりにもありふれているから安心できた。

雪子の話は野暮ったい制服を着て夕暮れの公園でしょぼくれた薔薇を見ているところから生まれた。そして、雪子はだんだんその存在を明確にしていった。作家が気にいった登場人物の性格や個性を念入りに描き込むみたいに、雪子の存在が気にいった僕たちは彼女をどんなお話のヒロインよりも愛した。

僕はそのうち雪子に部屋を与えることを思い付いた。僕たちが子供の頃一緒に寝起きしていたあの部屋だ。あそこは晶が事故に遭ってから子供部屋であることをやめて、空き部屋になっていた。薔薇園の見晴らしが良い最上の部屋だった。

僕はあそこに雪子を住まわせることにした。彼女が喜びそうな飾り付けをした。それから、古くからの馴染みの洋服屋に頼んで雪子の衣装を作って貰った。着せ替え人形の洋服をあれこれ作るように。実際、モデルは店に飾ってあるマネキンだ。あのサイズは生身の女では誰も着ることはできない。最も理想的な、そして血の通わない人形だけのための衣装。靴もそうだ。手袋も。何もかも。この世にはありえない空想の美女のために作られたものだった。

雪子の髪も手に入れた。本物の人間の髪で作った鬘だった。一番手触りの良いやつを買ってきて、二、三本引き抜きへアブラシにからませた。香水も沢山買い求めた。ふと思い付いて、その香水の中身を捨てて壜だけを鏡台に載せた。空っぽの部屋に空の香水壜。いかにも似つかわしい。あるのは空虚を包む装いだけ。肝心の中身はどこにもない。

雪子は部屋を与えられ、いよいよ僕たちに愛されるようになった。僕も晶も競うように雪子にまつわるエピソードを作りあげた。それを何度も繰り返し、定着させた。

しかし、僕たちは重大な問題に直面した。何時まで雪子を生かしておくべきか。雪子は僕たちの空想のなかで十六になっていた。白薔薇のユキコは永遠に少女の肌を持ち続ける。しかし、人間の女はそうはいかない。たとえ空想の少女だとしても。人間である限り年を取る。開きすぎた薔薇になってしまうまえに、彼女の成長を止めてしまう必要があった。美が崩れて行く様を考えたくはなかったからだ。

晶と話し合って、雪子を殺すことにした。色々なストーリーを考えたが、結局、彼女はある日、高熱のせいで窓の外に天使の幻を見て、窓から落ちたという、妹の考えた話を採ることにした」

晶がいつか言った、「わたしが雪子を殺したようなもの」という言葉の本当の意味はを。

こういうことだったのだ。彼女のアイデアが雪子を殺した。最初から存在しない美少女を。

「雪子の死にリアリティをもたせるために、白い寝間着やスリッパにわざわざ血の染みのようなものを付けた。あれは僕の血だ。腕のところをちょっと切って」

苑田はそう言って、ワイシャツの左袖を捲りあげて腕を見せた。腕の関節の近くにあの傷が残っていた。

「雪子は死んだ。そして永遠になった。ある意味で雪子は死んだときから本当に存在しはじめたと言うべきかもしれない。雪子の存在を空想していたときは、どんなにそれに熱中しても、どこかで現実との区別が付いていた。あれは空想のなかだけの生き物だということが。

しかし、雪子が不慮の事故で死んだというシチュエーションにしてみると、かえって雪子の存在感が強くなった。雪子は空想の少女から思い出の存在になった。僕はあの部屋を封鎖した。そして、時折鍵を使ってあの部屋に入ることが愉しみになった。あの頃は少し頭がおかしくなっていたのかもしれない。愛妻を喪った良人の気持ちに本当になっていた。そうこうしているうちに、病気になった。胃潰瘍だった。血を吐いて入院した。その入院した病院に良江がいた」

独逸製の置き時計が涼しいチャイムの音を奏でた。
「胃潰瘍だと医者から聞かされたとき、癌ではないかと疑った。ありもしないものを空想する癖がさっそく頭をもたげたのだ。癌ではないか。胃潰瘍などではない。胃癌ではないか。

僕は逞しさに欠けていた。逞しいのは空想力だけだ。死病への恐怖にすっかり参ってしまった。そんなとき良江に会った。彼女が天使に見えた。頼もしく優しく、この上なく美しい女性に見えてしまった。純白の制服のせいだったのかもしれない。あるいはベッドに横たわったまま彼女を仰ぎ見る視点のせいだったかも。小柄で年下の筈の良江がまるで母親のように見えた。若く美しかったときの母親だ。

それに一月以上も屋敷を離れたことがなかったので、環境の変化について行けず、何でも良いから縋《すが》りつきたい気持ちだったこともある。子供のようになっていた。

僕は彼女に恋したと思い込んだ。彼女の孤独な境遇を聞くにつれて、いよいよそう思った。良江の方も看護婦としての職業意識だけで接しているわけではないらしいことも薄々判ってきた。

退院まぢか、思い切って彼女に求婚した。彼女はそれを受け入れてくれた。幸福だった。これでやっと人並みになれると思ったからだ。空想の幼妻ではなく、本物の生身の女性を妻に出来たことが嬉しかった。それまで自分にはどこか生活者としての能力に欠けているのではないかという強いコンプレックスがあった。誰もが易々と出来ることが僕には出来ない。結婚もそのひとつだった。独身主義などではなく、生身の他人と暮らすことが怖かったのだ。認めまいとはしていたが。

良江に雪子のことを話した。空想の産物だと打ち明けようかとも思ったが、なんとなく言いそびれてしまった。雪子はいわば僕の作り上げたうつくしい夢だ。現実に妻を迎えても壊したくはなかった。雪子は実在したもののように良江には思わせておこう。そう考えたのだ。

どちらにせよ、雪子は『死んで』しまったのだから、さほど新しい生活に支障をきたすとは思わなかった。

本物の妻を得て充実した生活が出来ると思っていた。しかし、その思惑はたちまち打ち砕かれた。何者かによってではない。僕自身によって。自分の幸福を打ち砕いたのは僕自身だった。

屋敷に戻って一週間もしないうちに、良江に何の魅力も感じないことに気がついた。病院では天使のようにも聖母のようにも見えた女が、屋敷では小柄で貧相なただのつまらない女にしか見えないのだ。彼女は一切の輝きと威厳を喪っていた。おどおどして、新しい環境に馴れない不安に充ちた若い女でしかなかった。

結局、野に置いてのみ美しく咲いていられる菫草だったのだ。心惹かれ摘んで屋敷の壺に生けた途端、それはみすぼらしく萎れた残骸にすぎなくなっていた。

病院での僕たちの立場がここに戻ってきて逆転してしまった。不安に脅えるのは今度は良江の方だった。この豪壮な建物に、咲き乱れる何千という薔薇に、彼女はなかなか馴染めないようだった。僕はそれが判っていながら、エゴイスティックにも彼女を見捨てた。恋は急速に冷えきり、彼女に何の興味も感じなくなっていたからだ。

冷酷薄情とどんなに責められても返す言葉がない。しかし、感情の領域には理性や倫理ではどうしようもない部分があるのだ。そういうものでは制御の出来ない恐ろしい領域が。

何度も彼女を愛そうとした。でも駄目だった。『せねばならぬ』という義務感がかえって愛情を冷めさせた。愛情どころか、どうして、こんなみすぼらしい女のために苦しまねばならないのかと腹立たしくさえなった。理不尽だということは承知していながら、どうしようもなかった。

良江は『現実』そのものだった。

昔、狂った外国の王が本物の白鳥を見て叫んだそうだ。『白鳥はこんなに醜くはない。

もっと美しいものだ！』と。彼には本物の白鳥がアヒルくらいにしか見えなかったんだろう。彼の気持ちがよく判るよ。

苦い現実に突き当たって、雪子の部屋に逃げ込んだ。あそこは単に雪子の部屋というだけではない。魔法の部屋だった。あそこには僕や晶が眠れぬ夜を埋めた様々な空想的な怪物や神話の中の神々やお伽噺の主人公の残像で一杯だ。あそこは亡くなった愛妻の部屋などではなく、苛酷な現実から逃避するための、大人になりたくない、なりきれない幼児のための部屋だった。

僕はあの部屋に逃げ込み、愛せない妻のことや現実を忘れようとした。良江の目には亡妻を忘れられないように見えたかもしれない。

僕が忘れられなかったのは、いもしなかった最初の妻のことではなく、失われてしまった子供時代だったのだ。空想的で夢に充ちており、嫌いなものは『消えろ』と一言叫べば、跡形もなく自分の前から消えてなくなってしまうと信じていた時代。自分よりも大きな者の手でしっかりと護られていた時代。明日のことは何も考えなくても良かった。わずらわしいことは全部大人たちが考えてくれたからだ。僕はただ自分の好きな愉しいことを考えてさえいればよかった。

あの部屋にはそんな時代を思い起こさせる雰囲気が色濃く残っていた。僕は大人になることを拒否していた。

あの部屋のことも雪子のことも、もっと早くきみに打ち明けておくべきだった。でも不安だった。良江のときは失敗している。きみとも上手く行かないかもしれない。そんな不安があった。だから、もっと確信が持てるまで、雪子のことは黙っていようと思ったのだ。

だが、もうあの部屋は必要ない。それを確信した。今朝、きみの部屋に外された指環を見たとき、真っ先に考えたことは草の根を分けてもきみを捜しだし連れ帰ることだった。妻に逃げられるという恥ずかしい現実から目をそらすのではなく、妻を取り戻して誤解を解こうという現実に向かう強い意志を感じた。

明日にでも、あの部屋は処分しようと思う。雪子はいない。それがこんなにも明白になってしまったからには、あの部屋はもう存在する価値がなくなってしまった。この家でもう雪子のことを口にするものは誰もいない。雪子は最初から存在していなかった。夢は終わったんだ」

苑田はそう言い切った。晶は一言も口をはさまなかった。口をはさまないということが、兄と同じ考えであることを物語っているように見える。

私も良人と同じだったのだ。苑田が現実に耐えられなくなると、雪子の部屋に逃げ込んでいたように、私の心の逃避場所はいつも父であり父と暮らしたあの家だった。最初から逃げ腰だったのだ。ここへ花嫁として来る前から、私の無意識はあの住み慣れた家に逃げ帰ることを望んでいた。

未来には何が起こるか判らない。だから怖かった。でも、過去はもうひたすら美しい憩いの場所だった。そこに逃げ込みさえすれば安全なことが判っていた。

昨夜、私の部屋のドアに差し込んであった手紙を見付けたとき、何故私は寝ていた良人を揺り起こし、真実を確かめなかったのだろう。屋敷を出て行くのは、そうしてからでも遅くはなかった筈だ。

でも、私はそうはしなかった。良人に愛されていないという現実に直面するのが怖かったからだ。だから、そのまま逃げ出した。過去へ。父のもとへ。私をこれ以上傷付けることのない安全な場所へ。

そして、そこで鬼に出くわした。鬼とは、過去のなかに潜り込もうとする私の臆病な心の中にこそ栖んでいた。過去の子供時代の安らぎのなかで、胎児のようになって眠る大人子供を鬼は食いにやってくるのだ。

鬼は薔薇園にも、あの雪子の部屋にも、そして、私の生家にも潜んでいた。花嫁ではなく、花嫁であることをたやすく放棄して子供に戻ってしまった女を食うために。

30

翌朝、苑田は起きるとすぐに壬生を呼んで、雪子の部屋に入った。壬生は主人の意志を汲み取ったように、黙々として作業に従った。

二重のカーテンが次々と引かれ、窓が開け放たれた。朝の光が眩い程に部屋を照らし出す。鏡台の上の色とりどりの香水壜は闇の保護をなくしてただのガラクタになった。ヘアブラシにからまった長い髪の毛はどこの誰の物ともしれぬ髪の毛にすぎなかった。

誰の肌も飾らなかった夥しい数の豪奢な衣装は洋服箪笥から引きずり出され、靴や手袋と一緒に無造作に段ボール箱のなかに投げ込まれた。毛皮。繻子。天鵞絨。絹。それらはもはや人形の衣装ほどの価値も持っていなかった。

ベッドは解体され、ただの木ぎれになって部屋から運び出された。続いて、鏡台。洋服箪笥……。

古びたオルゴール時計は間が抜けた音色をふいに奏でた。その時計も苑田の手でビスク・ドールと一緒に段ボール箱に放り込まれた。時計は最後のメロディを奏で終わるとひっそりと死んだ。

私は戸口に寄り掛かり、雪子の部屋が急速に魔力を喪っていく様を見ていた。この部屋を支配していたある気配。私自身、ここから出ようとすると抗《あらが》い難い力で引きずり戻されそうになったこともある。あの力。気配。その気配が消えていく。

遠い日、子供の空想が作り上げた神々や怪物、お伽噺のヒーローやヒロインたちの残像が、空に解き放された風船のように、次々と窓から消えて行くのが私には見える。朝の光を浴びた樹木の枝の合間に、ユニコーンの白い角が、ペガサスの翼が、ヘルメスの輝く兜が、エロスの金色の巻き毛が、アフロディテの薔薇色の踵が、一瞬のうちにひらめいては消えて行く。

薔薇園の遙か上を行く眩い葬列。それは少しもの悲しい風景だった。

やがて、何もなくなってガランとした真っ白な部屋には、幽かに薔薇の香りだけが残っていた。ただの乾いた花びらの匂いだった。

雪子の部屋は消えた。

魔法の部屋。魅惑の部屋。神秘の部屋。

この屋敷の優しくも恐ろしい子宮。

雪子の部屋は消滅した。

苑田は最後の調度品である丸い猫足のテーブルを外に出すと、扉を閉めた。もう鍵はかけなかった。鍵をかけて守るべきものは何もなかった。

階段の下に晶が居て、壬生と苑田が担いでいるテーブルを、やや寂しそうな目で見送っていた。二人の男に続いて階段を降りて来た私の方に視線を移すと、皮肉っぽい微笑を口許に浮かべて、「寿世が帰ってきたら、さぞ吃驚するでしょうね」とだけ言った。

雪子の部屋がなくなって、さっぱりしたような哀しいような複雑な気持ちでサロンに入ると、有美がテーブルの上で郵便箱から取り出してきたばかりの郵便物を選り分けていた。

そして、はっとしたように振り返り、暗い表情で私宛の封筒を差し出した。

「またこれが」

まだ階段の下に居る晶の方を気にするように声を低めた。

薔薇色の手紙だった。

「昨日、奥様が家出されたのは、本当はこの手紙のせいだったのでしょう？　あたし、そのことを旦那様によっぽど言おうかとも思ったんですけれど……」

有美は封を切る私の手元を覗き込みながら言った。

私は手紙の封を切りながら、なんとなく目をあげてサロンの開いた窓を見た。壬生と苑田がテーブルを抱えて歩いて行くのが見えた。あれを壊して焼却炉で燃やしてしまうつもりだろうか……。

封筒から便箋を引っ張り出し、それを開いた。


もうすぐあなたにも天使が迎えにくるわ。


便箋にはたった一行、そう書かれてあった。しかし、言葉は既に力をなくしていた。それはただの文字の羅列でしかなかった。

「これは一体⁉」

有美は私の手元から目をあげて、さも恐ろしげに私の顔を見詰めた。

「なんでもないのよ。ただの悪戯だわ」

そう言って、私は便箋を折り畳んで封筒にしまった。それをスカートのポケットに入れた。誰の目にも触れない所で処分するために。

「でも、良江奥様もこれと同じものを……。そのあとにあんなことに。奥様だってあの方の日記はお読みになったでしょう？」

有美は私の反応にあっけに取られたように言い募った。

「読んだわ」

「だったら！」

少女はじれったそうに、つい大声をあげた。そして、はっとしたように階段の方を見たが、晶の姿はもうそこにはなかった。

「これはただの言葉でしかないわ。これを書いた人はわたしに指一本触れることはできないわ。そのことはあなたが一番良く知っているじゃないの」

私は有美を見詰めた。有美も目をそらさなかった。こんな大きな目をしていたかしら。そう思うような目で、じっと私の顔を見返していた。

今まで見せたこともないような挑戦的な目だった。

この子はいつもこんな目をしているべきだ。ふとそんなことを思った。

「あたしが知っているって、どうして、あたしが」

少女は老婆のような掠れた声を出した。

「この手紙を今ここで郵便物に交ぜたのはあなただからよ」

31

「あたしが？」

少女は眦《まなじり》が裂けんばかりの形相で私を見詰めていたが、急に悲しそうな顔になると目を伏せた。

「やっぱり、あたしのことを疑ってらしたんですね」

刃物をこっそり鞘に収めるような目の伏せ方だった。

もうこの顔には騙されない。寿世の言った通りだ。この娘は狡猾だ。

三通めの手紙をテーブルに置こうとしているところを庭から戻った私に見られた時、咄嗟に自分で出した手紙の数を間違って言うくらい狡猾だった。有美はあのとき、あの手紙が三通めであることをちゃんと知っていたのだ。知っていながら、しかつめらしい顔で、「やっぱり二通めが来たんですね」などと言ったのだ。あの何気なさを装った呟きに私はすっかり騙されてしまった。

四通めの手紙を、私が寝室に引き取った後で私室のドアの隙間から差し込んでおいたのも彼女の仕業だ。あれが苑田の仕業ではないとしたら、あの状況であれが出来たのは有美しかいない。

それに、この五通めの手紙。寿世が留守の間、郵便物の管理は有美の仕事になっていた。だから、郵便箱のなかに最初からこの手紙が入っていたように装うことは簡単だった。

薔薇色の手紙を私に書いていたのはこの少女だ。それを今は確信していた。この娘しかいない。それは今となってはあまりにも明白だった。

「信じているなんて言って。本当はあたしのことを最初から」

有美は声を詰まらせて唇を噛んだ。さも悔しいという表情で。

「いいえ。信じていたわ。わたしはあなた以外の屋敷の人をすべて疑った。晶さんも寿世さんも壬生さんも。最後には良人まで。揚句の果てには、この四人がグルではないかとまで思い込んで、この家から逃げ出したのよ。でも、間違っていた。わたしはとんでもない誤解をしていた。それが判ったからここに帰ってきたのよ。それを教えてくれたのは良江さんの日記だったわ」

「日記が？」

有美はぎょっとしたような顔で目をあげた。一瞬演技を忘れたように見えた。

「あの手紙にもあったわ。良江さんの日記をよく読めば手紙の主の正体が判るって。その通りだったわ。良江さんの日記は誰があの手紙を書いたか教えてくれていたのよ。何度も読みながらわたしはずっと気がつかなかった」

「そんなはずないわ……」

有美は茫然として呟いた。

「それじゃあ、良江奥様に脅迫状を出し続けていたのは一体誰なんですか。あれもあたしだって言うんですか。どうしてあたしがそんなこと。良江さまのことは実の姉のように思っていました。大好きでした。とても優しくしてくださって。それなのに、どうしてあたしが」

少女は悲鳴のような声をあげた。

「良江さんに手紙を書いていたのはあなたではないわ」

「それなら、誰なんです」

「誰でもないわ」

「誰でもないって……」

「良江さんに手紙など書いた人はどこにもいないわ。良江さんはおそらく脅迫状など一通も受け取っていなかったのよ。あの日記はでたらめよ」

「奥様はこうおっしゃりたいんですね」

有美は軽蔑するように口許を歪めた。

「あの日記が良江様の妄想の産物だって。あの方の気がおかしかったからでたらめを書いたんだって。この家の人たちみたいに」

「いいえ。そうじゃないわ。わたしはあの日記が妄想の産物だとは思っていないわ」

「それなら、何故」

有美の目つきが急に不安そうにキョトキョトしはじめた。

「良江様は受け取ってもいない脅迫状を受け取ったなんて日記に書いたんですか。狂ってもいないのに、そんなでたらめを何故」

「その理由をわたしに訊くの？　あなたの方が知っているくせに」

有美は黙った。黙ったまま、私を睨みつけていた。もうどんな演技も必要ないことを悟ったように。

「良江さんがあえて嘘を日記に書いた理由はひとつしかないわ」

「……」

「わたしに読ませるためよ。ただそれだけのためにあの日記は書かれたのよ。わたしに読ませるため。そうでしょう？　有美さん」

有美は乾いた唇を舌で嘗めた。

「手紙を書いたのはあなたなの？」

私は囁くように訊ねた。

少女は私の目をじっと睨み返していた。私たちが睨み合っていたのはほんの数秒だったが、私にはとても長く感じられた。

有美が先に目をそらした。

強張っていた肩が力をなくしてガクリとなった。

「あたしじゃありません」

少女は絞り出すような声でそう言った。

「あたしはただ、奥様のお部屋に置いただけです」

「手紙は最初から書かれていたのね？　既に封もして」

「そうです。封筒の隅に鉛筆で薄く番号が振ってありました。だから、その番号の順に出せばよかったんです。何が書かれているかなんて、あたしは最初知りませんでした」

「手紙は全部で何通あったの？」

「あと二通です」

「いつ、手紙を受け取ったの？　七通の手紙を」

「良江奥様の亡くなった翌日です。あたし宛に小包が届いたんです。差出人の名前はなくて」

「その中に手紙が入っていたのね」

「そうです。それと……」

有美は口ごもった。

「それと何？」

「日記です」

「誰の？」

「奥様の」

「良江さんの？」

「はい。良江奥様の本当の日記帳です」

「そこに良江さんが自殺した理由が書かれていたのね？」

「はい。それから、あたしがすべきことも」

有美は真っすぐ私の目を見た。それは自分のしたことを全く後悔していない目だった。

「なんて書いてあったの？」

「もし、あなたがこの屋敷に花嫁としてやって来たら、そのときはこの手紙を出せと」

インタールード

そろそろあの女の来る頃だ。雪子に捧げる二人めの供物。

花梨さん。誰もこの屋敷の女主人にはなれない。誰も雪子の後釜に座ることはできない。あなたもそのことを思い知るがいい。わたしがゆっくりと時間をかけてそれをあなたに教えてあげる。

あなたはこの屋敷に来たことを心の底から後悔するようになるだろう。雪子にとってかわることができると一時でも考えた自分の愚かしさにいつか気がつくだろう。でもね、そのときはもう遅いのだ。

あなたは供物としては申し分のない女。その名の通り、引き締まった秋の実のような顔をもつあなた。額に髪を乱した奇麗な青年のような顔をもつあなたは雪子への贈り物として選ばれたのだ。

わたしは薄紗のカーテンの裾を少しめくって外を眺めた。

薔薇の垣根越しに、紅薔薇よりも紅い毛織のベレー帽が軽やかに通り過ぎるのを見た。

ようこそ、花梨さん。この青髭の館に。薔薇の咲き乱れる鬼の巣窟に……。

からくり時計のオルゴールが止んだ。

時計の針は三時を指している。愉しいお茶会のはじまる時刻。

ビスク・ドールの鋭い瞳が、「さあ」と促す。

さあ、さあ、翔ぶのよ。

あの女が通り過ぎてしまわないうちに。

あなたがその窓から翔ぶところをあの女に見せなければ。

何を躇《ためら》っているの。

早くしないと、あの女は通り過ぎてしまうわ。

人形は紅い口を動かしてそう囁き続ける。

わたしは窓のカーテンを引いた。硝子戸に手をかける。戸を開けた。

その音に気がついて、あの女は立ち止まり、花をつけはじめた薔薇の垣根越しにこの窓を見上げた。

まだ幼さの残る顔。よく似合う紅いベレー。

あなたの傍らで揺れているブレンネンデ・リーベよりも紅い。

わたしがこれから流す血よりも紅い。

どうして良江さんがあの部屋に居るのかしら。

そんな胸のなかの呟きが聞こえてくるようだ。

あなたはこの白い窓を見上げ、わたしはここに佇んであなたを見下ろしている。

わたしはこれからこの身を雪子に捧げる。苑田良江というつまらない女は今日を限りに消滅する。良江は死んで雪子になる。

よく見るがいい。いずれ、あなたもこうなるわ。花梨さん。わたしが死んだらあなたは遠くない将来に苑田花梨になるでしょうから。もう二人めの供物に決められているのよ。

可哀そうなのはわたしの良人。三度も妻をなくす運命にあるなんて。いい気味だ。

わたしはちょっと後ろを振り返った。

この窓を見上げているあなたに誰かが部屋に入ってきたように思わせるために。

おや。本当に誰かが部屋のなかにいる。誰かしら。扉の錠はしっかり中からさしたはずなのに。

風に長い黒髪をなびかせて、白い服を着た……。

あれは雪子だ。

32

「鬼」は苑田良江だった。

あの手紙も日記もすべて彼女が企んだことだった。有美はただ良江の遺志を忠実に実行していたにすぎない。

私に偽の日記を見せるタイミングも、最初の手紙を届ける時期も、有美の判断というよりも、良江の指示にただ従っていただけだろう。

「良江さんの本当の日記を今持っているの？」

有美に訊ねた。少女は素直に頷いた。

「それを読ませてくれない？」

真実はすべてそこに書かれているだろう。そして、その日記はおそらく……。

「今、持ってきます」

有美はそう言って立ち去ろうとした。

「部屋に。わたしの部屋に持ってきて。そこで読むから」

ここでは苑田たちがすぐに戻ってくる恐れがある。部屋でゆっくり読みたかった。

有美はもう一度表情のない顔で頷くと、サロンを出かかったが、ふと戸口のところで立ち止まると、意を決したように振り返った。

「あの、あたし、これから荷物をまとめますから……」

「荷物を？　どうして」

そう問い返すと、少女は驚いたように目を丸くした。

「どうしてって。出て行くんです。もうここには居られませんから」

「出て行くって、行くあてはあるの？　あなた、前にここから追い出されたらどこにも行くあてがないって言ってたじゃないの。それとも、あれはわたしの同情を引くための嘘だったの」

あれが私の同情を引き手紙のことを屋敷の者に口外させないようにするための言葉だったにしろ、この娘に東京で身を寄せる親戚や友人がいないことは本当だった。だから、私もあの言葉にたやすく騙されたのだ。濡れ衣を着せられ追いだされる羽目にでもなったら可哀そうだと思ったからこそ、二通めからの手紙のことは晶にも苑田にも言わずに自分の胸に収めていたのだ。無論、それが有美の、いや、これを計画した死んだ女の狙いだった。

黒い疑惑は孤独の中でこそ深まるものだから。

「行くあてがないと言ったのは本当です。田舎へ帰るわけにもいきません。でも、なんとかなりますから……」

　有美は戸口に手をかけ、片足の爪先で片足の踵を蹴るような仕草をしながら、俯いて、ふてくされたように力なく笑った。

「行くあてがないなら出て行く必要はないわ」

「だって！」

　少女は抗議するように口を尖らせた。が、目には一瞬喜色が溢れた。

「それとも、そんなにここに居たくないの？　わたしのことがどうしても好きになれない？　それなら止めやしないわ」

「そんな！　あたし、あたし、奥様のこと、嫌いじゃありません。本当はあんなことして辛かったんです。でも、良江奥様にはとても良くして貰ったし、あの方の遺志にはそむけないし……。辛かったんです」

　有美は俯いたまま、涙声で言った。

　嘘だった。有美は明らかに手紙を受け取ったときの私の反応を楽しんでいた。今思えば、彼女が手紙を開く私の傍をなかなか離れようとしなかったのは、私の反応を見たいがためだったに違いない。

怖がり心配そうな目付きの奥に、人の不幸を蜜のように啜る貪欲な目が見え隠れしていた。有美は私にあの手紙を出すことを楽しんでいたのだ。良江の遺志とは別なところで。

彼女のなかには、雑草のようなしたたかさがある。この家から出て行くことがどのくらい大きなマイナスになるか、判らないような娘ではなかった。

だから、彼女は出て行くそぶりを見せながら、必死でこの家に留まる方法を小さな頭のなかで思い巡らしているのだ。

それは判っていたが、それでも、彼女をこの屋敷から出て行かせるわけにはいかなかった。何故なら、彼女が出て行くことを望んではいないのだから。

「あの手紙のことはわたしとあなた以外には誰も知らないわ。最初から何もなかったと思えばいいのよ」

「本当にそれでいいんですか?」

有美はおそるおそるという口調で訊いた。

「それに今あなたに出て行かれたら困るのよ」

少女の顔に天秤の揺れ具合をじっと見詰めるような表情が浮かんだ。やがて頭の中で自分の優位が確信できたらしい。笑顔が浮かんだ。

「それなら、あたしも出て行きません」

ふてぶてしさと無邪気さの入り混じった笑顔が、陰気な少女の顔をぱっと明るくした。

「日記、持ってきます！」

急に元気になった足取りで、有美はサロンを出て行った。

何も起きなかった。それは本当だ。何も起きなかった。すべては私の心のなかで起きたことだった。

苑田は今も尚、何故私が昨日屋敷を出たか、その理由を知らないだろう。昼間の妹と小さないさかいが原因だくらいにしか思っていないに違いない。晶もそうだ。何故、私が彼女に対して急に心を開かなくなったか、いまだにその本当の
この屋敷で何が起こったか、知っているのは私と、そして、あとはただ一人、死んだ良江だけだ。有美ですら、私の心に吹き荒れた嵐のことを想像してみるだけの力はなかっただろうから。

私は部屋に戻った。すぐに有美が日記を持って来た。もう一冊の日記帳も大学ノートだった。しかし、中を開いてみると、案の定、それは、黒いインクで書かれていた。青

いインクで書かれた二冊めの日記に較べると、文字も文章もやや乱れている。

苑田良江はずっと黒いインクを使って日記をつけていたのだ。ところが、あることをきっかけに、彼女は事実と偽りを混ぜた第二の日記帳を作ることを思い付いた。最初のオリジナルの日記から、何カ所か抜粋し、それに創作を混ぜて偽りの日記帳を新しく作り出したのだ。第二の日記を青いインクを使って書いたのは、オリジナルのものと区別するためか、あるいは、私宛の七通の手紙に黒インクを使ったので、同じ色のインクを避けたためか、どちらかに違いなかった。

しかし、彼女はオリジナルの日記を引き写すとき、うっかり小さなミスを犯した。八月十五日の記述だ。青いインクで書かれた日記にはこうある。

「暑い。何もする気がしない。ここへ来てすっかり怠ける癖がついてしまった。この日記をつけるのも億劫になってきた。ノートをひらいても何も書くことがないのだもの。日記の文字が黒くうごめく蟻のように見える。こうしてペンを握っていると、蟻が手に這い上ってきそうだ……」

私が違和感を感じたのはこの箇所だった。日記は青いインクで書かれていた。それなのに、何故、良江は日記の文字を「黒くうごめく蟻」と書いているのか。青インクが黒く見えたのだろうか。これを書いたときの彼女の精神がかなり不安定だったとしても、青を黒と見誤るのは納得がいかなかった。

無論、暗い所で見れば青いインクの文字が黒く見えることもある。しかし、日記をつけようとしているときに、そんな暗い所でノートを広げるだろうか。当然、充分光のあたる、夜ならば電灯の明かりの下でノートを広げるはずだ。

そのとき、私の頭に唐突に閃いたことがあった。

もしかしたら日記は黒い文字で書かれていたのではないか。

だが、私が読んでいる日記は明らかに青いインクで書かれている。ということは……。

もし日記が二冊あったとしたら？

黒いインクか筆記具で書かれたもう一冊の日記帳。

その日記を元にこの青インクの日記が書かれたのだとしたら？

この日記は良江の妄想の産物などではない。しかし、すべてが真実の記述でもない。

そのいずれでもない第三の可能性。

それは、この日記が誰かに読ませるために書かれたものではないかという可能性だった。

誰に、何のために？

答えはひとつしかない。

すべては去年の夏の日、七月五日の水曜日にはじまっていた。私たちがはじめて会った、あの夏の日。パーゴラの下のお茶会で、思わず話題がまだ見ぬ青い薔薇のことになった程、空が青く澄みきった日だった。

あの日、晶が私を紹介すると、苑田良江は手にした白い帽子のつばを神経質そうにいじりながら、奇妙に歪んだ微笑を浮かべていた。

あの微笑は、私の気のせいでも日差しのせいでもなかった。あの日、彼女は私に出会ったことで、私以上のショックを受けていたのだ。ただ、彼女は咄嗟に感情を押し殺した。はけ口を失った烈しい感情の炎がつかのま彼女の顔を歪ませたのだ。

黒いインクで書かれた日記には、こう記されていた。

七月五日（水）

今日は講習のある日だったが、いったんはセンターに行ったものの、ひどく頭痛がしてきて耐えられなくなった。それに先週の水曜日、晶さんが言っていた、「今日も彼女は来るの」という言葉がとても気になる。私がセンターに行っている留守に、いつもお客があるらしいのだ。それは薄々気がついていた。晶さんのどことなく思わせ振りな口ぶりから、それが若い女性ではないかということも。

夫の心は今も雪子のことで一杯のはず。他の女性に関心をもつなんて考えられない。あれは晶さんが私を苦しめようとして、わざと言ったのかもしれない。

でも……。夫の機嫌がこの頃めだって良いことは本当だ。それも水曜日の朝に限って。そのくせ、水曜の夜になると、きまって憂うつそうになる。水曜の昼間に、私がいない間に、何か彼の心を楽しませる出来ごとがあるに違いない。

こうしてセンターに居る間に、あの屋敷で夫は私の知らない女性と楽しく時を過ごしているのかもしれないと想像すると、とてものんきに講習など受けている気になれなくなった。

それで、早退して屋敷に帰ってみると、庭の方から笑い声や話し声がした。パーゴラの下で、夫と晶さん、それに見知らぬ若い女性が楽しそうにお茶を飲みながら話し込んでいた。

こちらを向いていた夫がいちはやく私の姿に気がついた。私には見せてくれたこともない笑顔が消えて、とても不愉快そうな顔になるのがわかった。帰りがあまり早かったので驚いたのだろう。

こちらに背中を向けるようにして座っていた若い女性が振り向いた。目もとの涼しいきれいな人だった。とても若い。はたちくらいだろうか。ラフな服装で学生のように見えた。青と白のチェックのブラウスにブルージーンズ。男の子のように髪を短くして、きりっとした浅黒い顔。瘦せていて背は私よりもずっと高そうだった。晶さんが、その若いお客を紹介してくれた。アイザワ・カリン。カリンは花の梨と書くそうだ。

夫が私のことを「妻」だと紹介すると、その女性はひどく驚いた風に見えた。まるで私のことを全く知らなかったとでも言うように。たぶん、そうだったに違いない。だって、晶さんがすぐに弁解するように、「兄は再婚したのよ」と低い声で付け加えたからだ。あの女性は私のことは何も知らなかったのだ。雪子のことだけ聞かされていたに決まっている。

そうでなければ、あんな目をして私のことを見つめるはずがない。驚きをあらわにした若い女の顔を見ていたら、前よりもひどく頭痛がしてきた。足も震えてきた。今にも倒れそうだった。それでも、私はほほ笑もうとした。ほほ笑まなければ。ほほ笑まなければと自分に言い聞かせながら。でも、その場にそれ以上いたたまれなくなって、「まだ頭痛がするから」と言って、屋敷のなかに入ってしまった。あれ以上あそこに居たら、私は本当に倒れていたかもしれない。

部屋に戻って、しばらくベッドで横になった。頭がガンガンしていた。割れそうだった。誰かがハンマーで頭蓋骨を叩いているようだった。浅黒い、少年のような顔をした悪魔だ。面白そうに笑いながら、私の頭蓋骨をうち砕こうとしている。

夫はあの女を愛しはじめている！

全身を貫かれるような直感でそう感じた。雪子よりも？　雪子よりも？

そんなことはありえない。そんなことはあってはならない……。

七月十九日（水）
この頃、講習会に行く気がしない。会員の人たちがなんだか私のことを変な目で見ているような気がしてならない。教室に入って行くと、数人でかたまってヒソヒソやっていたおばさんたちが、ピタと話をやめて、うさんくさそうな目つきで私の方を見るのだ。きっと私の噂をしていたに違いない。
講師も私のことをなんとなく避けているような気がする。目が合うとあわててそらしてしまう。だんだん、あそこへ行くのが億劫になってきた。お金を払っているのに、少しも気晴らしにならないのだもの。今日も、我慢ができなくなって、途中で帰ってきてしまった。こっそり屋敷に戻ってみると、庭の方で楽しそうな話し声がした。あの浅黒い顔の悪魔がまた来ているのだ。彼らに見られないように、屋敷に入り、合鍵を使って、雪子の部屋に入った。カーテンを閉めた薄暗い部屋のベッドに服を着たまま横たわっていると、庭の話し声がよく聞こえてきた。夫の笑い声。とても楽しそうな……。私がいないと思っているのだ。あんなにくつろいで生き生きとした笑い声など聞いたことがない。晶まで楽しそうに笑っている。

私は心のなかで赤いビロードの椅子に座った青い目のビスク・ドールに話しかける。

あの人たちはなんて薄情な人たちなんでしょうね。あんなに雪子のことを愛していたのに、もう忘れかけているのよ。今は水曜日ごとにやって来るあの若い女に夢中なの。

ビスク・ドールは鋭い目を私に据えたまま赤い口を動かした。

誰にも雪子を忘れさせやしないわ。ここは雪子の家よ。あんな女が雪子の代わりになるものですか。

そうよねえ。今では雪子を一番愛しているのはこの私。この部屋が好き。最初はちょっと怖かったけれど、今ではこの部屋が一番心が休まるの。私には着られない雪子の衣装。でも、触っているだけで幸福な気分になれる。こうして白い衣装を着て鏡を見るのが好きよ。そこに雪子がいるような気がする。これは魔法の鏡ね。私は雪子のようだわ。

あなたはまだ雪子じゃない。

人形はつめたく言った。

雪子になりたい？

なりたい。

方法がないでもないわ。

人形は赤い口をあけて薄く笑った。

どんな方法？

苑田良江という女を消滅させるのよ。あれはつまらない女。誰からも愛されない。そんな女は雪子への供物として捧げるべきよ。

ひどいわ。私に死ねというの？

死ぬんじゃないわ。雪子になるのよ。それには苑田良江という女の肉体から出なければ。そんなつまらない平凡な肉の衣を捨てなさい。さなぎが蝶に生まれ変わるために、良江という殻を捨てるのよ！

だけど、私が死ねば、きっと夫はあの女をこの屋敷に入れるわ。私はそれが嫌。あんな悪魔が我がもの顔で屋敷の中を歩き回ることになるなんて。

馬鹿ね。そうはならないように考えるのよ。
考えるって何を？
あの女が不幸になる方法をよ……。
どうやったら不幸になるの？　私のように。
考えることね。どうやったらそうなるか……。
人形はそれっきり口をつぐんでしまった。

八月二十五日（金）
とうとう思いついた！　あの女を不幸にする方法。あの女がこの屋敷に来てもけっして幸福にはなれない方法を。日記を作ろう。今書いているこの日記を元にして偽の日記帳を。そこに私が屋敷の誰かから脅迫状を受け取っていたように書くのだ。そして、有美を使ってあの女がここにやって来たら、脅迫状を届けさせる。そして、彼女にこの日記を読ませる。彼女は私を威していた犯人と彼女に手紙を遣わした犯人とは同一人物だと思い込むに違いない。偽の日記は私と有美のアリバイになってくれる。あの女は屋敷の人々を疑いはじめる。誰も信じられなくなる。一時たりとも心の休まる時がなくなるのだ。そして、そして、いつかは私のように……。

八月二十六日（土）

手紙には雪子の部屋のあのバラ色の封筒と便せんを使おう。私の死後、あの女がいつこの屋敷に来るかわからない。すぐに来るかもしれないし、半年かあるいは一年以上たってからかもしれない。普通の封筒や便せんでは古びて変色してしまう。あのバラ色の封筒と便せんなら心配ない。あの部屋にずっと置かれていて、少しくらい古びていても別に不思議はないからだ。

八月二十八日（月）

雪子の部屋に入る。バラ色の便せんと封筒を持ち出す。寿世に気づかれるだろうか。大丈夫。気づかれやしない。

九月五日（火）

今まで書いた日記をもとに、新しく日記を作った。これと区別するために、インクの色を変えた。黒インクの方を有美に送り、青インクの方を部屋に残して置くのだ。有美は私の指示どおりにやってくれるだろうか。たぶん、やってくれる。あの子はこの屋敷の人々を嫌っているし、私のことは慕ってくれている。

十月十六日（月）

あの女あての手紙を書く。封をして、有美が出す順序を間違えないように、封筒の隅に鉛筆で番号をふる。有美はこれを出すとき、番号を消してくれればいい。

十月十七日（火）

明日が決行の日だ。あの女がお茶会に招ばれて来る日。いつものように、講習に行った振りをしてここにこっそり戻り、あの女の目の前であの部屋から飛び下りるのだ。誰かに突き落とされたような振りをして。しかし、警察や屋敷の者には自殺だと思われなければならない。あの女だけが私の死に疑いをもつようにしなければ。彼女が私の死に疑問を持ったときから、彼女の孤独の戦いがはじまるのだから……。

良江の日記はここで終わっていた。このあと、この日記と七通の手紙を小包にして、有美宛に送ったのだ。

この日記を読むと、やはり良江は精神のバランスを失いつつあったことが判る。苑田良江は苑田や晶が言った通り、少しずつ狂っていったのだ。しかし、その狂い方は彼らが考えていたものとは違う。

良江は狂いながらも、一方では正常でないが故の恐るべき明晰さで、あるひとつの計画を推し進めて行った。私を、いずれこの屋敷の花嫁としてやって来るであろう女を破滅させるための計画を。

薔薇の香りと共に私を脅かし続けた「鬼」の正体は苑田良江だった。でも、その良江をそこまで狂わせ、あの白い窓辺に立たせたのは誰だったのだろうか。死の暗闇に向かって、その背中を押した手は誰の手だったのか。

私だった。

私の手が彼女をあの窓から突き落としたのだ。

私と良江は青い澄みきった夏の空を背景に互いにその存在を知ったときから、或る絆でしっかりと結ばれていた。

互いが互いの加害者になるという絆で。

33

十二月――

薔薇園は豊かな色彩を喪い、既に冬の眠りに入っている。

目をつぶれば、秋の夕日に映えていた何千という薔薇の波が瞼の裏に甦る。屋敷中に漂っていた、あのからみつくような甘い香りと共に。

すべてがうたかたの夢のようだ。

私の部屋のテーブルに薔薇色の手紙が届くことはもうない。奇妙なもので、時々、まるで待ち望んでいた手紙でも探すように、意味もなく郵便箱を覗くことがあった。しかし、もう薔薇色の手紙が私を脅かすことはないだろう。

有美は出て行くこともなく、何事もなかったかのような顔をして働いている。私になつくでもなく、さりとて嫌っているわけでもないという態度を変えることなく。

寿世はこの頃では床についていることが多い。函館から帰って、雪子の部屋が跡形もなく無くなっているのを知った彼女は、大変なショックを受けたようで、叔母の死を看取った疲れもあってか、そのまま寝込んでしまった。それ以来、寝たり起きたり半病人のような生活を送っている。したたかで老獪そうに見えたが、どうやら私の買いかぶりだったようだ。

本当は芯の脆《もろ》い子供のような女だった。有美の齢の頃からずっとこの屋敷に居て、他の世界のことは何も知らない女だったのだ。

彼女もまた、霞を食べて生きる人種だった。

雪子は彼女に与えられたお気にいりの人形。美しい人形は彼女が生まなかった夢の娘。その人形をなくしてしまった、哀れな老嬢は生きる張りさえすっかり失ってしまった。

時折、食事を持って部屋を訪ねても、硝子玉のような虚ろな目をしてボンヤリしている。一筋の乱れもなかった銀髪は、くしゃくしゃの灰色の鳥の巣となって、肩にほつれかかっていた。焼却炉で焼かれるのだけは免れたあのビスク・ドールが、今は着たきり雀の薄汚れた紫色の袖に抱かれている。

ただ、老家政婦のこの「耄碌《もうろく》」は、私にとっては幸いとなった。何故なら、寿世はもはや何の興味もないという投げやりな態度で、長年の聖域を私にあけ渡したからだ。

私は名実ともに屋敷の女主人になった。

晶は相変わらず傍観者の役を守っている。しかし、彼女と話しても、前のように気後れすることもなくなった。

今の私の目には、良人は神秘のヴェールを脱いだ、少し平凡な男に見える。無論、愛していることに変わりはないが、良人の顔が無気味な陰影を宿した仮面のように見えることはもうない。夜、ふと目が覚めても、隣に寝ているのは、顳顬に僅かに白髪の生えた少しくたびれかけた中年男にすぎなかった。

屋敷の生活は普段着のように少しずつ私のからだに馴染みつつある。

園丁の壬生昭男は今度は私の名をもつ新しい薔薇を作出してくれると約束した。どんな薔薇だろう。今からとても愉しみだ。あの夏の日の哀しいほどに澄みきった空のような色の薔薇ならどんなにいいだろう！　まだ誰の目にも触れたことのない青い薔薇。未来に向かって咲く花だ。そんな薔薇に私の名がついたら。

私は幸福だった。

少し肥った気さえする。新しい生命がからだの奥に宿っているせいだろうか。気持ちが穏やかで前のように物影や得体の知れない物音にむやみと脅えなくなった。少し神経が鈍くなったのかしら。幸福になるには、ほんのちょっぴり、鋭さを喪えばいいのかもしれない。

いつかひどく醜く歪んで見えた、二階の廊下のつきあたりの油絵も今はただの古びた聖母像にしか見えない。一輪の紅薔薇を膝の上の幼子の髪にかざそうとしている若い母はとても穏やかで幸福そうだ。

今の私のように。

それでも、時折理由のない悲哀に襲われることがある。それは幸福に寄り添ってくる影のようなもの。夕闇の迫った窓辺に、ふと目を遣ると、悲哀は翼をなくした天使のようにそこにひっそりと佇んでいた。現実と未来を得た代償に何かを喪ったことを、悲哀の天使はもの言わぬ唇で私に語りかける。

それは実現することの永遠にない脆く儚い夢を見つづけること?

ペガサスの背に乗りたい。キルケの魔法の杖が欲しい。ユニコーンの角に触ってみたい。

そんな子供の頃の夢かもしれない。

今日、やっと、長いこと放っておいた紅い薔薇の絵を仕上げた。サロンに飾るつもりだったが、ふと気が変わった。あの部屋に飾ろう。そう思った。今は何もない、真っ白にがらんとしてしまった雪子の部屋。

苑田良江が翔んだ白い窓のあるあの部屋。あの部屋にはもう何もない。彼女が語りかけた青い目のビスク・ドールも、その人形が座っていた真紅の天鵞絨の椅子も、彼女が無限の憧れをこめていつも触れていた豪奢な衣装も、彼女がいつも眺めた暗い鏡も……。

あの部屋に漂っていた魔性の気配は、あれは雪子ではなく良江のものだったのだ。私の襟がみをつかんで外に出すまいとしたあの奇しき力は、彼女の青白い手だったに違いない。

彼女はどこへ行ってしまったのだろう。霊の栖み家はもはやない。あの部屋に古くから栖みついていた子供の空想の残像と一緒に虚空《そら》の彼方に消えてしまったのだろうか。雪子と同じ死をなぞることで雪子になろうとした女。雪子が実在しないことを彼女は知らなかったのだ。永遠に実現しない虚しい夢を見て、その夢のなかへ身を投げた女。

私や苑田が抜け出てきた世界へ独りで行ってしまった女。

黄金《きん》色の額縁を付けて、この紅い薔薇をとりあえずは捧げようと思う。

しかし、いずれ、何もない部屋は生まれ変わる。見ているだけで楽しくなるような明るい色彩のカーテンが白い窓を飾り、抱き締めたくなるほど可愛らしくユーモラスな動物のぬいぐるみがあちこちに散乱し、暗い影などどこにもない、無邪気な幼児の笑い声に溢れた部屋に甦るのだ。

この部屋も屋敷も外に向かって開かれねばならない。

外の人たちをここに招こう。四季折々に咲く薔薇を観て貰うのだ。この屋敷はもっと賑やかになるだろう。頻繁にパーティをしてもいい。やがて、子供が成長して、天使の輪を頂く黒髪があの薔薇園の合間に見え隠れするようになる。鬼ごっこでもしているような甲高い歓声と共に。

根元を藁で覆われ眠る薔薇の木々の間に、そんな未来の光景が浮かんでくる。子供はこうして窓辺に佇んでいる私を見付けて、無邪気に手を振るだろう。私も微笑して、手を振り返す。

咲き乱れる花には蜜蜂が飛び交い、蝶が舞う。陽光に照り輝く薔薇の葉っぱ。彼方には抜けるように青い青い空。刷いたような白い雲。そんな遠い未来の五月の一日が目に見えるようだ……。

そのとき、ふと、あるメロディが頭をよぎった。古い外国の童謡だ。何時どこで聴いたのか。単調な旋律の底にどこか不気味な影を宿している……。

私はその曲を口ずさんだ。

　ロンドン橋、落ちた。
　落ちた。落ちた。
　ロンドン橋、落ちた。
　マイフェアレディ……

エピローグ

本を読むのもつくづく飽きた。

読みかけの頁に紅い栞を挟むと、ベッドに放り出した。『タイタス・アンドロニカス』がシェイクスピアの作ではないと考える人がいるとは驚きだ。こんなにもシェイクスピア的なのに。肉屋《ブッチャー》の異名に恥じないケッ作じゃないの。

わたしは放り出した本の代わりに、編みかけの毛糸玉を入れた籠を引き寄せた。銀の編み針にからまったフワフワした真っ白いちいさな靴下。頰ずりすると、ちょっとくすぐったいような毛糸の匂いに混じって、薔薇の香りがする。

季《とき》は五月。屋敷の薔薇が咲きはじめている。

銀色の鉤針は、開け放した窓から漂ってくる薔薇の匂いまで編み込んでしまったようだ。白い編み目のひとつひとつに、紅薔薇の、黄薔薇の香りが隠し模様になっている。なんて贅沢な靴下だろう。

まだひとつしか出来ていない、このちょっぴり不恰好な靴下に、まだ見ぬ甥か姪のピンク色の丸々したあんよが入るのは何時《いつ》のことか。

そんなことを想いながら、わたしは独りで微笑した。

この屋敷に日毎赤ん坊の泣き声が響き渡り、おしめが運動会の旗のようにはためくのは、あまりぞっとしない光景だが、しかたがない。せいぜい優しい叔母になるよう心がけよう。

部屋の前の廊下を軽やかなハミングが通り過ぎた。花梨だ。無意識だろうが、口ずさんでいるメロディは、雪子の部屋にあったオルゴール時計の曲だ。わたしが昔父から貰った外国土産。兄が捨ててしまったけれど……。あの曲だけは新妻の識閾下《しきいきか》にしっかりと根をおろしているらしい。

彼女が今ではオルゴール時計の人形だ。明るい向日葵《ひまわり》色のマタニティドレスに、脛まである毛糸のソックスを穿《は》いた、お腹の突き出た可愛い人形。

暇さえあればあの歌を口ずさんでいる。思わずクスリと笑ってしまう。彼女はあの歌の意味を知って歌っているのだろうか。延々と続くあの歌詞の意味を？　まさか。知っていたら、とても歌う気になどなるまい……。

それにしても、お産が早く済んでくれればいい。生々しく突き出た腹を抱えてうろうろされるのは、もううんざりだ。わたしの目を愉しませてくれた、あの青竹のように清々しいスレンダーな肢体、刃物で削いだようなスッキリした耳から顎にかけての線を一日も早く取り戻して欲しい。

一時的なものだろうが、彼女はひどく肥ったようだ。

頬がふっくらして女らしくなった反面、幾分表情が鈍くなった。優しくなったというべきか。しかし、今の彼女は好みに合わない。お産を真近に控えた女というのは、どうも動物的で逞しすぎる。その顔、うなじ、どこにも、細やかなニュアンスの宿る所がない。何もかも輝きすぎて。鏡の表面がピカピカ反射しているようだ……。

廊下の方で、花梨と有美が何か言い争っているような声がした。

暫くして、ドアをノックする音。編み針を動かしながら、「どうぞ」と応えると、仏頂面で有美が入って来た。

「奥様が、二階のお部屋の窓に新しいカーテンを付けるとおっしゃって」

と、有美は口を尖らせた。「二階のお部屋」とは、雪子の部屋のことだ。花梨は着々と、あそこを子供部屋にすべく準備を整えているようだ。古い家具の代わりに真新しい家具を。思い出の代わりに未来の夢を。空想の代わりに現実を、というわけだ。

「あんなお体で危険だからやめてください、あたしがやりますって言ったのに。どうしても自分でやりたいって聞かないんです」

「少しくらい体を動かす方がいいのよ」

「少しくらいって！　台に乗らなきゃカーテンなんて付けられないんですよ。危険すぎます。もし、何かあったら……。お嬢さんからやめるように言ってください」

「いいじゃないの。本人がやりたいと言っているなら。彼女の言う通りにしなさい」

わたしは俯いたまま編み針を休めずに何気なく言った。傍でごちゃごちゃ言うから、ほら。目を間違えた。

「だって」と、反論しかけて、有美は黙った。ふいに黙ったので、どうしたのかと目をあげると、上目遣いの狡そうな目でじっとわたしの方を見ていた。

「彼女の言う通りにしなさい」

何のつもりか、間抜けな鸚鵡《おうむ》のようにわたしの言葉を繰り返す。

「あのときもそうおっしゃいましたね、お嬢さんは」

有美の圧し殺した声には、ねばりつくような響きがあった。

「あのとき？」

すぐに何のことだか思い出したが、とぼけることにした。

「あのときですよ。あたしが良江さんから送られてきた小包をお嬢さんに見せたとき」

有美は薄笑いを浮かべていった。馴れ馴れしい口調だ。

そう。あれは花梨が屋敷にやって来た日の夜だった。一冊のノートと七通の手紙を抱えたこの小娘が、秘密めいた目をしてわたしの部屋の戸を叩いたのは。

わたしは良江のノートを読んだ。そして、驚いた。あの愚鈍そうに見えた女にこれほどの才智があったことに。尤も、あれは狂ってはじめて得られる知恵だったのかもしれないが。良江の自殺の動機。その死を使って彼女が自分の後釜に座る女にしかけた企み。わたしはすべて知っていたのだ。

七通の手紙も読んだ。有美が封のところに蒸気をあてて既に開封していた。なかなか面白かった。花嫁を迎える最高のもてなしになると思った。贈るのは『言葉』だけなのだから、大した害はない。ただ、花梨があの手紙をどう解釈するかは予測がつかなかった。単なる悪戯と取るか、必要以上に深刻な受け止め方をするか。わたしにも予測はつかなかった。

結果的には後者だったようだ。最初から、あれは「悪戯」だとちゃんと忠告してあげたのに。とうとう彼女はここを出てしまった。あのときは、彼女がどこかで自殺でもするのじゃないかと、兄のために少し胸が痛んだくらいだ。

ところが、不可解なことに、意外に彼女はアッサリと屋敷に戻ってきた。有美の話では、良江の日記からすべて死んだ前妻の企みだったことを察知してしまったようだ。彼女があの日記のなかから何を発見したのかは、未だに判らない。

判っていることはただひとつ。死を賭けた良江の計画が挫折したということだけだ。気の毒に。無駄死にだったのだ。最後まで虚しかった女。

尤も無駄にしない方法はあるが……。

わたしには今何よりも気掛かりなことがある。それは、今年の薔薇の出来が今までになく悪いことだ。壬生がどうしたことかと嘆いていた。原因が判らないのだそうだ。一本や二本ではない。全体に生気がない。色が悪い。形も小さい。いびつだ。

昨日も悪性の貧血を起こした少女のように青ざめうなだれたユキコを見て、胸が詰まった。病虫害もいつになく酷い。弱った薔薇に、憎いバラクキバチやバラゾウムシが容赦なく襲いかかる。こうしてここから眺めても、去年までの燃えあがるような息吹が感じられない。

薔薇は病んでいる。

わたしには判る。呻きが聞こえる。わたしだって、足を地中に埋められた薔薇なのだもの。同族だもの。人間よりも植物の気持ちの方が判るのだ。

薔薇は敏感だ。屋敷の空気の変化を感じ取っている。

人間の幸福は植物にとっては不幸なのだ。

彼女たちを甦らせるためにはどうしたらいいのだろう。糧を、何か糧を与えなければ。何を？　薬品？　肥料？　水？

いいえ、そんなものでは足りない。

薔薇は血を浴び、夢を喰って咲くのだもの……。

必要なのはまず血だ。

「さあ。そんなところに突っ立ってないで、奥様の手伝いをして来なさい」

そう言うと、有美は「え？」というように、目を剝いた。

「台がよろけて奥様が窓から落ちでもしたらどうするの。そうならないように、しっかりと台を押えてあげなければ」

わたしは有美の目を見詰めながらゆっくりと言った。

「台をしっかり押えるのよ。奥様が、い、い、窓から落ちない、い、ように、い」

催眠術でもかけるように娘の目を覗き込みながら繰り返した。次第に有美の表情に変化が起きてきた。瞳に針のような光が宿り、突き上げてくる興奮を圧し殺しているように、小鼻を膨らませた。口がうっすらと半開きになった。

紅潮した頰。額には汗の玉が滲み、目が異様なほど輝いていた。

「台を押えているのですね。しっかりと。奥様がよろめいて窓から落ちないように」

無機的な声で台詞を覚えるように復唱した。そして、独りで頷くと、くるりとスカートを翻して部屋を出て行った。

有美がどう解釈したか知らないが、わたしはただ「奥様が窓から落ちないように台を押えていなさい」と、文字通りのことを命じただけだ。身重の兄嫁を案じる義妹としては当然の言葉ではないか。

編み物を再び手に取った。その拍子に膝の上から転げ落ちた白い毛糸玉が戸口まで長く糸を引いた。編み針から目を引き抜き、小さな靴下をほどきはじめた。

文庫版あとがき

本作の中に登場する「苑田家の薔薇園」は、実は、東京都調布《ちょうふ》市にある「神代《じんだい》植物公園」内の薔薇園をモデルにしたものです。ハードカヴァー本の出版が一九九〇年の五月ですから、薔薇園を訪ねたのは、前年の秋頃だったと記憶してます。手元にある『多摩あるくマップ』（けやき出版、一九九四年七月発行）によれば、当時、ここの薔薇園には、二百四十種五千株の薔薇が植えられていたそうで、確かに素晴らしい眺めでした。薔薇園の中を歩き回って、目についた薔薇の名前と特徴を手帳に控えてきて、作中で使いました。

私は動物園は嫌いなんですが、植物園はわりと好きでよく足を運んだものでした。神代植物公園には、その後、一度行ったきりで、とんとご無沙汰してるのですが、今でも、ここに書いた薔薇が咲いているのかなぁと思うと、もう一度行ってみたい気もします。

ただ、これは年齢的なものだと思いますが、今は、人為的に品種改良した薔薇よりも、名前もわからない野草の方に興味があります。コンクリートだろうがアスファルトだろうが、ぶち破って芽を出す逞《たくま》しさ。地味に見えますが、しみじみと観察すると、なかなか面白い趣《おもむ》きがあります。ところで、『多摩あるくマップ』という本ですが、これは私の「愛読書」（？）で、手書きの地図がなんとも味があって、職人の手作り感が伝わってきます。『つきまとわれて』という連作短編を書いていた際にも、ずいぶん、お世話になりました。今も改訂増刷されていればいいなと思います。丁寧にシッカリと作られた職人による物がどんどん失われていく現代において、こうした作り手の思いが伝わってくる本というのは貴重ですから。

二〇一二年二月吉日

今邑　彩

『ブラディ・ローズ』一九九九年十一月　創元推理文庫　東京創元社刊

中公文庫

ブラディ・ローズ

2012年3月25日　初版発行

著　者　今《いま》邑《むら》　彩《あや》

発行者　小林敬和

発行所　中央公論新社
〒104-8320　東京都中央区京橋2-8-7
電話　販売 03-3563-1431　編集 03-3563-3692
URL http://www.chuko.co.jp/

DTP　嵐下英治
印　刷　三晃印刷
製　本　小泉製本

Published by CHUOKORON-SHINSHA, INC.
Printed in Japan　ISBN978-4-12-205617-6 C1193
定価はカバーに表示してあります。
落丁本・乱丁本はお手数ですが小社販売部宛お送り下さい。
送料小社負担にてお取り替えいたします。

中公文庫既刊より

い-74-5
つきまとわれて
今邑彩
別れたつもりでも、細い糸が繋がっている。ハイミスの姉が結婚をためらう理由は別れた男からの嫌がらせだった。表題作の他八編の短編集。〈解説〉千街晶之
204654-2

い-74-6
ルームメイト
今邑彩
失踪したルームメイトを追ううち、二重、三重生活を知る春海。彼女は、名前、化粧、嗜好までも変えて暮らしていた。呆然とする春海の前にルームメイトの死体が？
204679-5

い-74-7
そして誰もいなくなる
今邑彩
名門女子校演劇部によるクリスティー劇の上演中、連続殺人は幕を開けた。台本通りの順序と手段で殺される部員たち。真犯人はどこに？　戦慄の本格ミステリー。
205261-1

い-74-8
少女Aの殺人
今邑彩
深夜の人気ラジオで読まれた手紙は、ある少女が養父からの性的虐待を訴えたものだった。その直後、三人の該当者のうちひとりの養父が刺殺され……。
205338-0

い-74-9
七人の中にいる
今邑彩
ペンションオーナーの晶子のもとに、二十一年前に起きた医者一家虐殺事件の復讐予告が届く。常連客のなかに殺人者が⁉　家族を守ることはできるのか。
205364-9

い-74-10
i《アイ》　鏡に消えた殺人者　警視庁捜査一課・貴島柊志
今邑彩
新人作家の殺害現場には、鏡に向かって消える足跡の血痕が。遺された原稿には、「鏡」にまつわる作家自身の恐怖が自伝的小説として書かれていた。傑作本格ミステリー。
205408-0

い-74-11
「裏窓」殺人事件　警視庁捜査一課・貴島柊志
今邑彩
自殺と見えた墜落死には、「裏窓」からの目撃者が。少女に迫る魔の手……。衝撃の密室トリックに貴島刑事が挑む！　本格推理＋怪奇の傑作シリーズ第二作。
205437-0

各書目の下段の数字はISBNコードです。978－4－12が省略してあります。

各書目の下段の数字はISBNコードです。978-4-12が省略してあります。

あ-61-5 **廃墟のとき** 明野照葉

不毛な人生に疲れた美砂は自殺を決意する。十ヶ月間で自分を華やかに飾り、人々の羨望を浴びながら死ぬのだ。偽りのショーは成功するかに見えたが……。〈解説〉瀧井朝世

205507-0

あ-61-6 **禁　断** 明野照葉

殺された親友の元恋人は、正体不明の謎の女だった。死の真相を探る邦彦はいつしか女に惹かれていくが、身辺に不審な出来事が起き始める。渾身の長篇サスペンス。

205574-2

ひ-21-2 **ともだち** 樋口有介

幼少より剣術を叩き込まれた神子上さやか。彼女が通う高校の女子生徒が、相次いで襲われ、遂に殺人事件が。さやかは男子転校生と犯人探しを始める。

204066-3

ひ-21-3 **海　泡** 樋口有介

小笠原諸島・父島――人口二千人の〝洋上の楽園〟にストーカーが現れ、帰郷中の女子大生が不審な死を遂げた。会心の「スモールタウン・ミステリー」誕生！

204328-2

ひ-21-4 **雨の匂い** 樋口有介

癌で入院中の父親と寝たきりの祖父の面倒を一人でみる大学生・村尾柊一。ある雨の日、彼の前に謎めいた少女・李沙が現れ……。著者真骨頂の切ないミステリー。〈解説〉小池啓介

204924-6

ひ-21-5 **ピース** 樋口有介

連続バラバラ殺人事件に翻弄される警察。犯行現場に「平和」は戻るのか。いくつかの「断片」から浮かび上がる犯人。事件は「ピース」から始まった⁉

205120-1

ひ-21-6 **11月そして12月** 樋口有介

父親の不倫、姉の自殺未遂、そして……トラブル続きの家族と、少し生意気な女の子が、曖昧なぼくの存在を変えていく。ほろ苦い成長を爽やかに描いた青春小説。

205213-0

ひ-21-7 **苦い雨** 樋口有介

零細業界誌の編集長・高梨は、かつて自分を追い出した会社のスキャンダルを握る女を探すよう依頼される。中年男の苦さと甘さを描くハードボイルドミステリー。

205495-0